Die Augen blau vom Raufen,
die Nase rot vom Saufen,
die Haare weiß vom Huren,
das sind die Farben der Masuren.

Dr. h.c. Claus-D. Sergey Bandilla, Weißer Jahrgang, stammt aus Masuren. Er studierte Literatur, Kunst, Psychologie und ging als Maler und Dichter nach Paris. Gedichte wurden in den Literaturzeitschriften „Akzente" und „Flöte und Schafott" abgedruckt. Durch eine Zufallsbekanntschaft mit dem Stierkämpfer El Cordobés, über den er eine homestory verfasste, kam er zum Journalismus. Er wurde Lektor und Autor beim Nannen-Verlag und dem „Stern" in Hamburg, publizierte das Magazin „Verleger Vertraulich" und bekam einen Exklusivvertrag bei der „Quick".

Er schrieb die Serien: „Liebesbräuche fremder Völker", „Zauber, Zeichen, Wunderbräuche", „Alle Mädchen dieser Welt", „Logbuch Abenteuer" und zahllose Einzelgeschichten, die in verschiedenen Illustrierten veröffentlicht wurden. Regelmäßige Beiträge lieferte er für die beliebte NDR-Radiosendung „Zwischen Hamburg und Haiti". Nebenbei arbeitete er weiter als Maler und hatte Ausstellungen in Hamburg, Düsseldorf, Stuttgart und Kopenhagen.

Ein junger Edelsteinhändler bat ihn, zu den Minen in Afrika, Asien und Südamerika geführt zu werden, um Edelsteine aus erster Hand zu kaufen. Von den kostbaren Steinen war Bandilla so fasziniert, dass er sich fortan um ihre Veredlung kümmerte und dafür 1994 von der Russischen Akademie der Wissenschaften in Moskau mit dem Ehrendoktortitel und der ordentlichen Mitgliedschaft ausgezeichnet wurde.

Sergey Bandilla

DER LORBASS

Jugendjahre in Masuren 1940-1945

Bibliografische Information Der Deutschen Bibliothek:
Die Deutsche Bibliothek verzeichnet diese Publikation in der
Deutschen Nationalbibliografie; detaillierte bibliografische
Daten sind im Internet über <http://dnb.ddb.de> abrufbar.

Gewidmet meiner Frau, meinen Kindern und Enkeln sowie denen,
die sich dunkel an eine vergangene Zeit erinnern, und allen anderen,
die sich für nie Gekanntes interessieren. Vielleicht werden sich eines
Tages die Nachkommen der Masuren um ihre Wurzeln bekümmern.

„Die herrliche Freiheit dessen, der im Einklang mit seiner Erde lebt.
So einfach ist das Leben, wenn jeder Tag in sich selber ruht und nur
die Speise verdienen will, die man am Abend braucht und den Schlaf,
der seinen neuen Tag stärkt." [Ernst Wiechert]

Geschichte ist eigentlich das, was nicht in den Akten steht. Die Lehren, die uns befugte Personen erteilen, Schicksalsschläge, die uns verwunden, aber auch heilen, sind nur ein Teil dessen, womit wir uns selber bauen. Ein Kind ist immer ein riesiger Blumenstrauß. Im Laufe der Jahre gelangen nur wenige Blüten zur Reife, helfen, unsere Ansichten, Erwartungen und unser Weltbild zu formen. Ein Kind weiß immer mehr, als Erwachsene es sich erträumen können.

Masuren im Südosten Ostpreußens wurde von den deutschen Ordensrittern, schwarzes Kreuz auf weißem Grund, unter dem Vorwand der Christianisierung erobert. Die Ritter wurden mit Lehen, Land, belohnt. Auch nach der Niederlage bei Tannenberg 1410 blieben deutsche Bauern auf ihrem Boden sesshaft. Bis 1945.

Der Verlust ihrer Heimat war eine schwere Last für die Überlebenden. Der Verlust ihrer Sprache und ihrer bescheidenen Kultur ist unersetzlich.

Kapitel 1

EINEN SCHABERNACK TREIBEN

„Jeh klappern!", ruft die Großmutter Lina. „Zeit für Klein-Mittag."

Jungknecht Horst Taduschewski schlägt mit einem rostbraunen Eisenbolzen gegen eine ebenfalls vom Rost rotbraun gefärbte Pflugschar, die an einem Tauende am niedrigen Ast einer Linde hängt. Das durchdringende Geräusch ruft alle auf dem Hof arbeitenden Knechte und Mägde, Hunde und spielenden Kinder zusammen. Es ist halb zehn Uhr am Morgen. Vesperzeit.

Es gibt selbst gebackenes Vollkornbrot. Jede Scheibe so groß wie zwei aneinander gelegte Männerhände, belegt mit „Glumse", handgerührtem Quark, gewürzt mit Salz und Schnittlauch. Zum Trinken stehen Kannen mit „Muckefuck" und Milch, frisch vom Frühmorgen, bereit.

In der blau-weiß gekachelten Küche hantieren unter Anleitung der Großmutter vier Mädchen am

Herd, der mit Holzscheiten und Torf befeuert wird. In acht Töpfen und gusseisernen Pfannen wird das Mittagessen vorbereitet. Es gibt Blumenkohlsuppe, Königsberger Klopse mit vielen Kapern in süßsaurer Sahnesauce, Salzkartoffeln und zum Nachtisch Kartoffelflinsen, Reibekuchen. Auch hier klappern die eisernen Ringe, von Zangen bewegt, über Feuerstellen. Je mehr Ringe die Glut bedecken, um so geringer ist der Hitzegrad.

Neugierig wie immer kommt Großvater Gustav in die Küche. Seine Hundert-Morgen-Mütze (tragen Großbauern) bedeckt den kahlen Schädel. Reitstiefel mit extra breitem Schaft umschließen die kräftigen Waden. Ein Zigarrenstummel wippt zwischen den Lippen. „Ei, was willst?", fragt die Großmutter. „Na, nuscht", lautet die Antwort.

Großvater ist ein listiger Bauer und geduldiger Jäger. Er kann warten. In einem unbeobachteten Augenblick holt er aus der Hosentasche eine alte Glühbirne, die ihren Geist aufgegeben hat, schiebt einen Topf beiseite und wirft die Birne ins Feuer. Schnell verschwindet er. Es dauert nur kurze Zeit, dann gibt es einen fürchterlichen Knall. Die Luise, Mamsell seit über dreißig Jahren, lässt eine Schüssel, gefüllt

mit rohen Eiern, fallen. Die anderen Mädchen kreischen. Die Großmutter greift sich ans Herz. „O mu-
jeiko! Cholera!" (polnischer Fluch)
Großvaters masurischer Humor ist ein voller Erfolg,
besonders für ihn, löst in der Küche aber eine gelin-
de Panik aus und lässt seine Frau an den Teppich-
klopfer denken, mit dem sonst nur Hunde und un-
gezogene Enkel bestraft werden.

Ein „Schabernack" war besonders gelungen, wenn er
auf Kosten anderer ging. Sich selbst zogen Masuren
nicht so gern durch den Kakao. Aber den gab es im
Krieg sowieso nicht mehr.
Körperliche Züchtigung war in Preußen stets ein Be-
standteil der Ertüchtigung. Wenn es im benachbar-
ten Russland hieß: Der Zar ist weit, weit von Moskau entfernt, so lag auch der Südosten Ostpreußens,
Masuren, weit von Berlin entfernt. In Masuren gin-
gen die Uhren gegenüber der gegenwärtigen Zeit erheblich nach.
„Na wart', du Kreet", Großmutter Lina grummelt
immer noch. Sie sinnt auf Rache. „Auge um Auge,
Zahn um Zahn", in Masuren schätzte man vor allem
das Alte Testament.

Früher, als jung verheiratete Frau, hatte die Lina ihrem Mann mal die Ärmel, mal die Hosenbeine seines Pyjamas zugenäht. Je mehr der Gustav tobte, desto mehr amüsierte sie sich über die tollpatschigen Bemühungen ihres Ehemannes, den Pyjama anzuziehen. Da sie weiß, dass ihr Mann sich stets mit einem Plumps rückwärts ins Bett fallen lässt, wird sie ihm am folgenden Abend einige kleingestoßene Eisstückchen auf das Laken legen. „Dich werd' ich lehren, mit mir Possen zu treiben", wird sie fein lächeln.

Es kommt, wie vorausgedacht. Der Großvater plumpst, von zahlreichen Pfunden gezogen, mit großem Schwung rückwärts ins Bett, um gleich darauf, von unüberhörbaren Flüchen begleitet, von Jähzorn geschüttelt, zu toben. Wären seine Blicke, die er seiner Frau hinüberschießt, Messer, aus ihr würde Maschendraht.

Doch so schnell wie der Großvater auf die Palme zu bringen ist, so schnell ist sein Zorn verflogen. Er ist nicht nachtragend. Es dauert nur wenige Minuten, und sein Schnarchen erfüllt das Schlafzimmer. Ein Geschenk der Natur für Männer. Großmutter stört es nicht, im Gegenteil, wenn das Schnarchen ausbleibt, kriecht in ihr ein beklemmendes Gefühl hoch. Sie fürchtet sich, allein zu sein.

In einer langen Gemeinsamkeit verlagern sich Schwerpunkte. Was gestern noch verflucht war, ist heute bisweilen liebenswert. Nur Ina, die Heidewachtel, der einzige Hund, der im Haus wohnen darf, später kommt noch der arrogante Irish Setter von Onkel Oskar dazu, verdrückt sich sofort, wenn das Schnarchen beginnt.

Nächte in Masuren sind, wenn Wolken Sterne und Mond verdecken, tiefschwarz, sehr leise, mit heruntergefahrenem Pulsschlag ausgestattet. Nur in den Stallungen sind das genüssliche Widerkäuen der Kühe und die schnuffelige Traumphantasterei der Schweine zu hören. Pferde schlafen still.

Hellwach hingegen sind die Nager – Mäuse, Iltisse und Marder – wahre Plagegeister. Was nicht fest verschlossen ist, wird angeknabbert oder aufgefressen. Selbst die Treibriemen des Traktors und der Dreschmaschine sind vor ihren scharfen Zähnen nicht sicher. „Se treiben Possen mit uns", grummelt der Großvater. Übermäßige Gallenproduktion quält ihn. Gift wird er gegen die „Schabernäcker" legen.

Unruhig wälzt sich der Lorbass, der Enkel, auf dem Gutshof, mit seinem karierten Bettbezug auf der harten Matratze. Dunkle Nächte fördern dunkle Träume.

„Lorbass" heißt so viel wie Lümmel, Flegel, ist aber auch als Kosewort zu verstehen, besonders dann, wenn noch ein „chen" oder ein „je" angehängt wird.

Kapitel 2

ERNTEZEIT UND ANDERE
SCHWIERIGKEITEN

Es ist Juli. Man schreibt das Jahr 1941. Zu jener Zeit herrscht in Masuren noch tiefer Frieden. Nur aus dem Volksempfänger in braunem Bakelit tönen am Abend die Siegesnachrichten vom Oberkommando der Wehrmacht. Noch denkt niemand an Katastrophen, geschweige denn an eine Scheidung. Wenn Eheleute Streit bekommen, sich mehrere Tage bekriegen, werden sie vom Großvater ins kleine Herrenzimmer bestellt. Dort sitzt er dann hinter einem Schreibtisch, auf dem am Jahresende das Deputat, der Jahreslohn, ausbezahlt wird. Großvater hört sich an, was die Streithähne und -hühner vorzutragen haben, wiegt den Kopf, hört geduldig zu und verkündet zum Schluss: „Jenug! Jetzt vertragt euch, und jebt euch einen Kuss!"
Nach dem Kuss gibt es noch einen selbst gebrannten Wodka aus Weizenkorn. Den billigen, aus Kar-

toffeln destillierten, bekommen die Hausmädchen und der Enkel, wenn sie sich erkältet haben oder im Winter im Eis des vor dem Hof liegenden Sees eingebrochen sind. Der Großvater, der bei der Schlichtung des Streits die meiste Arbeit geleistet hat, trinkt zwei Gläser leer. Einige Tropfen, die er verschüttet, da seine rechte Hand nur noch aus Daumen, Ring- und kleinem Finger besteht – die anderen Finger sind beim Bohlenschneiden für die neue Feldscheune unter die Sägemaschine gekommen – leckt die Heidewachtel Ina auf. Auch sie mag Wodka.

Nach der Vesperzeit gehen alle wieder an ihre Arbeit. Die schwerste hat der Schmied. Er steht mit nacktem Oberkörper an der Esse, packt glühendes Eisen mit der Zange und klopft es auf dem Amboss in die rechte Form. Es werden neue Beschläge für defekte Wagenräder. Ein komplizierter Auftrag, der Maßarbeit erfordert. „Schisko jedno!" (polnischer Fluch), brummt der schwitzende Mann. Er heißt Heinz Grünter. Sein Name verrät, wie alle, die auf „er" enden, dass die Vorfahren aus dem Salzburgischen stammen, die aus Glaubensgründen ihre Heimat verlassen mussten. Goethe hat das Drama in

18

seinem Werk „Hermann und Dorothea" beschrieben. Der preußische König Friedrich II. hatte ihnen Asyl gewährt und, genau wie den Hugenotten aus Frankreich, Arbeit und Anwesen gegeben. „In meinem Land kann jeder nach seiner Façon selig werden", war seine Devise.

Heinz, der Schmied, hat schlecht geschlafen. Zum einen, weil wandernde Granatsplitter, die er im Ersten Weltkrieg bei Verdun ins rechte Bein bekommen hat, ihn wieder quälen, zum anderen, weil ein Toter in seiner Schmiede liegt. Am Vortag hatten Männer den polnischen Hilfsarbeiter Wronski gebracht. Mausetot. Zum Mittagessen hatte es Erbsensuppe gegeben mit selbst gemachten Würsten und Speckstippen. Wronski hatte sich den Magen vollgeschlagen und war, um sich abzukühlen, in den See gesprungen. Herzstillstand war die Folge. Aus dem See gezogen, wurde er in die Schmiede geschleppt. Die blieb den ganzen Nachmittag geschlossen. Durch ein Astloch in der Tür lugt die Dorfjugend und sieht schaudernd ihren ersten Leichnam.

Da es zu jener Zeit noch kein Fernsehen gibt, löst der Anblick einer Leiche bei Jugendlichen Horrorvorstellungen aus, treibt die Phantasie auf den Siedepunkt und sucht sie in ihren Träumen mit albschweren Belastungen auf.

Es ist ein heißer Sommer. Nachts bleiben die Fenster zu den Schlafräumen geöffnet und gewähren Gespenstern freien Zutritt.

Sind es für Kinder Kobolde mit Knollnasen, so stöhnen die Alten vor den säbelschwingenden Kosaken, die 1914 bis nach Tannenberg vorgerückt waren. Junge Mädchen träumen von Prinzen auf weißen Pferden. Der Lorbass träumt von Nixen, die sich im See in Seerosen verwandeln, unvorsichtige Schwimmer mit ihren langen Stängeln fesseln und in die Tiefe ziehen. Mit dem Morgengrauen ist das Grauen aus den Köpfen der Träumer verschwunden.

Die Schwalben fliegen tief. Die Luft ist schwül. Gewitter kündigen sich an. In der stehenden Luft ist der Seegeruch besonders intensiv. Es ist ein Mischmasch aus Süßwasser, Tang, Seerosen, Kalmus, Hecht und Kiefernharz.

Unaufhörlich rollen die großen Leiterwagen, gezogen von jeweils vier Pferden, über das Kopfsteinpflaster bis zum Hof und den Scheunen. Die

Wagen sind so hoch mit Garben beladen, wie die Stiele der Forken lang sind, um die Garben zu den auf den Wagen arbeitenden Männern und Frauen zu reichen. Die Wagen werden von Kutschern, auch dem ältesten Enkel des Gutsbesitzers, dem Lorbass, gelenkt. Der sitzt im Sattel des links von der Deichsel gehenden Hans, einem Goldfuchs, einem gutmütigen belgischen Kaltblut. Der Lorbass hat alle Hände voll zu tun. Er muss die Zügel seines Pferdes, einen Riemen zum rechts neben ihm gehenden Seitpferd, die Leine zu den beiden Vorderpferden und die Peitsche halten.

Schweiß rinnt dem Jungen übers Gesicht. Seine Lippen sind trocken. Er ist – wie stets – schon um vier Uhr morgens geweckt worden, hat sich und sein Pferd gestriegelt, vom Inspektor, Herrn Grischat, der von seiner baltischen Mutter das rollende „R" geerbt hat, eine Reitstunde bekommen, zum Frühstück Klunkersuppe runtergewürgt, abgeschöpfte Sahne mit Eiern und Zucker aufgeschlagen, erhitzt und mit klebrigen Mehlkeilchen fast ungenießbar gemacht. „Iss man, iss, Lorbass", hat ihn die Großmutter ermuntert. „Mecht's stark werden und rote Bäckchen kriejen."

Nach dem Frühstück wird angespannt, um das Korn, Roggen, Weizen, Gerste und Hafer, einzufahren. Seitdem gegen Mittag erst indigofarbene, später schwarze Wolken aufgezogen sind, ist Eile geboten. Das Korn muss vom Feld, darf nicht nass werden, kann faulen.

Von Hocke zu Hocke, in denen die geschnittenen Garben, verschnürt mit einem Strick aus gedrehten Halmen, zum Trocknen aufgestellt sind, werden die langen Leiterwagen von den Pferden gezogen. Die Wagen müssen exakt vor den Hocken halten, damit die Feldarbeiter die schweren Garben nicht zu weit schleppen müssen.

Um die schweißnassen Arbeiter, Männer und Frauen, auch um die Köpfe der Pferde, schwirren mit lästigem Gesumse große Bremsen, beißen sich schmerzhaft in die Haut und saugen Blut. Mensch und Tiere werden davon „rammdämlich". Niemand, nicht einmal der Lorbass, nimmt den roten Klatschmohn und die blauen Kornblumen wahr.

Jetzt kommt der Lorbass mit der letzten Fuhre heim. Die ersten Tropfen fallen. Donner grummelt. Oben auf dem Leiterwagen kreischen einige Mägde. Kerle sind mit ihren flinken Fingern unter die Röcke geraten. Obwohl sie eigentlich zu jung – oder zu alt – für derartige Dreistigkeiten sind.

Die Straße führt direkt am See entlang. Aufkommender Wind lässt Wellen mit weißen Schaumkronen ans Ufer klatschen. Plötzlich wird es blendend hell. Ein Blitz zischt in den See. Die Pferde scheuen, gehen durch. Der Lorbass hat nicht die Kraft, sie zu halten. Sie haben den Hals durchgestreckt. Auch ein ausgewachsener Mann hätte keine Chance. Durch den Ruck sind zwei Männer vom hohen Wagen gestürzt, liegen jammernd auf dem Pflaster. Die anderen krallen sich in die Garben, schreien und zetern. Der Lorbass ist ein geübter Reiter, kann sich im Sattel halten. Der Wagen schwankt bedenklich, als die Pferde durch das offene Hoftor preschen.

Sultan, dem Wachhund, einem großen Bernhardiner, verschlägt es die Stimme. Er bellt nicht, nur ein klägliches Wimmern kommt aus seiner Kehle. Die Arbeiter auf dem Hof werfen sich mutig in Leine und Zügel. Der Wagen kommt zum Stehen, kann dann langsam in die Scheune rollen. Donner und Blitze folgen in kurzen Zeitabständen. Regen prasselt vom Himmel. Es klingt wie Maschinengewehr-feuer. Der Großvater kommt auf die Tenne. Er hat zwei Flaschen Schnaps unter dem Arm und eini-ge Gläser, Wassergläser, in den Taschen seiner Jop-pe. Der Lorbass bekommt als Letzter ein volles Glas Wodka. „Nasderowje, Prosit, geschafft!"

Sultan hat sich in seine Hundehütte verzogen. Die Schwalben verkriechen sich in ihren Nestern, die sie in allen Ställen gebaut haben, zur Erleichterung der Tiere, denn sie fangen die Insekten. Die Störche ha-ben ihre Schwingen über die Jungvögel gebreitet. Zum Klappern ist ihnen jetzt nicht zumute.

In trockenen Hemden wird das Abendessen einge-nommen. Alle schweigen. Das Wort hat die Natur. Der Lorbass geht zum Fenster, um auf den See zu se-hen. „Jeh weg vom Fänster", warnt die Großmutter. „Bei Jewitter jehört sich das nich." Dem Blitzableiter auf dem Dach scheint sie nicht zu trauen.

Der Großvater hat eine gute Idee. „Lasst uns mau-scheln", schlägt er vor. Die Karten werden gemischt. Die Großmutter, der Inspektor und Tante Trudchen, zu Besuch aus Lyck gekommen, sind die Mitspieler. „Besser, die Tante spielt mit uns", flüstert der Groß-

vater, „als wenn sie am Klavier sitzt." Das Klavier
ist Trudchens Leidenschaft. Mit Vorliebe spielt sie
die „Petersburger Schlittenfahrt", ziemlich laut, sehr
flott, aber immer an derselben Stelle bleibt sie stecken. Das nervt.

Der Lorbass muss gegenüber vom Großvater sitzen.
Er kann den Mitspielern in die Karten sehen und
muss dem Großvater möglichst unauffällig einge-
übte Zeichen geben. Es ist ein raffinierter Code für
Kreuz, Pik, Herz und Karo, Buben, Damen, Köni-
ge und Asse. Den rechten Zeigefinger an den linken
Nasenflügel legen oder die Hand auf den Scheitel,
mit der Linken am rechten Ohrläppchen reiben und
so weiter.

Nach dem Spiel, wenn sie allein sind, gibt es vom
Großvater fünf Dittchen, Groschen. Ein willkom-
menes Taschengeld, das der Lorbass gut gebrau-
chen kann, denn er wird, wenn die Sommerferien
vorbei sind, aufs Gymnasium gehen. In der Kreis-
stadt Magrabowa, zu deutsch Treuburg. Seit 1923
heißt Magrabowa, Kreis Oletzko, nach der Volksab-
stimmung Treuburg. Nur zwei Stimmen sind auf
Polen gefallen. Auch die Menschen polnischer Ab-
stammung haben für Deutschland votiert.

Um den größten Marktplatz Deutschlands, einen Kilometer lang, einen Kilometer breit, stehen dicht gedrängt die Häuser. Wie am Schnürchen aufgezogen, untergehakt, die Dächer geduckt, die Fenster gerade groß genug, um ausreichend Licht und nicht zu viel Kälte hineinzulassen. Alle Bauten sind zu einer Zeit entstanden, als Baumeister noch das gesunde Gefühl besaßen, welche Form einer Landschaft gebührt.

Es gibt Kneipen, Wohnhäuser, Läden, die Schule, eine Kirche und das Verlagshaus von Albrecht Czygan, dem angeheirateten Onkel, der mit der Tante vom Lorbass, Mutters Schwester, verheiratet war. Sie starb im Alter von 23 Jahren an Schwindsucht, obwohl sie so sportlich war und selbst im Rock über eine Gartenbank sprang.

Diese schöne Frau machte es ihrem einige Jahre älteren Mann nicht leicht. Er liebte die Arbeit, sie das Vergnügen. Vor allem Champagner, „Pommery Brut". Ihre Zimmer glichen einer Menagerie. Füchse, Frettchen, Igel und Schildkröten zwangen jeden Besucher, mit Storchenschritten über die frei laufenden Tiere hinwegzustelzen oder sich ihrer neugierigen Zuwendung zu erwehren. Sie hatte nie kochen gelernt. Als sie ihren Mann nach der Hochzeitsnacht mit einem selbst gemachten Frühstück überraschte, stellte es sich heraus, dass die Kaffeebohnen nicht gemahlen waren.

Wenn Albrecht Czygan am Abend geistesabwesend, weil immer noch über Schlagzeilen für seine Zeitung grübelnd, aus dem Verlag in seine Wohnung kam, schlang seine Frau ihm die Arme um den Hals und schlug vor, baden zu gehen, auch im Winter, oder ein Mitternachtspicknick im Garten mit Champagner und einigen Körnchen Kaviar zu veranstalten. Für einen müden, alten Mann waren das schwer zu erfüllende Wünsche. Doch aus Liebe zu seiner Frau gab er sein Bestes, nämlich Zuwendung und Geld.

Als sie ihm eines Tages allerdings eine Pythonschlange ins Bett legte, die sie auf dem Jahrmarkt von einem fahrenden Gaukler erworben hatte, „fühl nur, sie ist ganz trocken und so schön warm wie du", wurde es ihm zu viel. Fortan schlief er lieber in einem „Lager, wie Napoleon es auch nicht besser hatte", einem Feldbett in seinem Arbeitszimmer.

In der Nacht hat sich das Gewitter über Schwentainen ausgetobt. Die Wolken ziehen in gemäßigtem Trabtempo westwärts. Auf dem See vor dem Gutshaus haben sich die Wogen geglättet, doch einige Wildenten streiten lautstark. Wahrscheinlich versucht ein Erpel, dem anderen die Braut auszuspannen.

Kapitel 3

SPIELCHEN UND SCHULE

Albrecht Czygan gibt die „Treuburger Zeitung" heraus, die täglich auch in Schwentainen gelesen wird. Großmutter Lina liest am liebsten die Todesanzeigen. „Kann ich so schön plinsen (weinen)." Außer der Zeitung verlegt der Onkel mit der großen Nase – riechen und schmecken kann der ehemals anerkannte Feinschmecker trotzdem nicht mehr – noch die Monatshefte „Der Waidgesell" und „Der Gärtnergehilfe". Wer alles liest, gilt in Masuren als „Biecherwurm".

Großmutter und Großvater spielen abends lieber Karten. Sechsundsechzig. Sie sind äußerlich sehr ähnlich geworden. Wie Philemon und Baucis aus der griechischen Mythologie sind sie schon eine Ewigkeit miteinander verheiratet. Ihre Gesichter strahlen Wärme und Strenge aus. Sie könnten aus dem Bilderzyklus eines Holzschnitzers stammen.

29

Rot sind die Wangen der Großmutter, rot ist die Nase des Großvaters. Einmal fragt der Lorbass unverblümt: „Habt Ihr euch lieb?" Die Großmutter schweigt. Der Großvater druckst und bekundet: „Na ja, jewehnt haben wir uns aneinander. Sie versteht was von Pferden und ich von Kühen. Außerdem kommen wir aus dem jleichen Kirchspiel. Jedes hat seinen eijenen Jeruch. Das macht es leichter."

Der Lorbass huscht fast jeden Abend noch einmal in das großelterliche Schlafzimmer, um sich ein Stück Königsberger Marzipan, hausgemacht, auf der Oberfläche braun geflämmt, zu erbetteln. Die Großeltern liegen in ihren Betten, auf der Seite, einander zugewendet, und spielen ihre obligate Partie Karten. Der Lorbass darf nur beim Großvater zusehen. Alle wissen, warum. Beim Spiel wird auch besprochen, was am folgenden Tag gemacht werden muss oder was der letzte Tag gebracht hat. „Die Wruken (gelbe Rüben) werden langsam in der Miete faul", sagt die Großmutter. „Jib sie den Schweinen", meint der Großvater. „Und das Käthchen Pudelko aus Duneiken is jestorben", seufzt Lina. Sie liest ihre Zeitung jeden Tag. „Kannten wir sie?", fragt Gustav. „Nei, das nicht", jetzt schluchzt die Großmutter, „aber se war doch fast 'ne Nachbarin."

Irgend etwas Wichtiges scheinen sich die Großeltern doch noch mitteilen zu wollen. Jedenfalls wechseln sie nun, da der Enkel noch im Zimmer ist, ins Polnische. Doch die Großmutter vermutet, dass der Lorbass schon viel von der Sprache versteht. Also fährt sie auf Französisch fort: „Pas en présence des enfants (nicht in Gegenwart von Kindern)." Französisch zu beherrschen, würde man heutzutage sagen, war „in". Auch in Warschau und Sankt Petersburg.

Langsam wird es dunkel. Zeit zum Schlafen. „Jute Nacht, Lorbassje, träum was Schönes."

Der Lorbass flitzt auf sein Zimmer. Ein Marzipanstück hat er geschenkt bekommen. Zwei hat er stibitzt. Als er an Annis, des Kindermädchens, Tür vorbeihuscht, hört er aus dem Volksempfänger: „Mammatschi, schenk mir ein Pferdchen, ein Pferdchen wär mein Paradies ..." Der Lorbass seufzt. Die Melodie macht ihn, wie Großmutter sagen würde, „schön traurig".

Der Lorbass ist nun Fahrschüler. Jeden Morgen nach dem Pferdestriegeln, der Reitstunde und der Klunkersuppe muss er sieben Kilometer bis zur Bahn-station reiten – das Pferd wird beim Schuster ne-ben dem Bahnhof untergestellt – oder im Winter mit dem Milchschlitten mitfahren. Bis nach Treu-burg sind es knapp 20 Kilometer, doch die Zugfahrt dauert eineinhalb Stunden. An jeder Milchkanne wird gehalten. Die Milch muss in die Molkerei, in die Stadt. Um kurz nach acht Uhr erreicht der Zug Treuburg. Im Galopp oder „en pleine carrière" wie der Großvater zu sagen pflegt, woraufhin ihn sei-ne Tochter Else, wenn sie zu Besuch kommt, noch verbessert. „Ventre à terre" (Bauch über dem Boden) rennt der Lorbass in seine Klasse.

Im Klassenzimmer stehen tintenverklebte, aufklapp-bare Tische und Bänke. Alte Kerben bezeugen, dass das Holz schon vor hundert Jahren von Schülern traktiert wurde. An den Wänden hängen Fotos von Hitler, Hindenburg und Ludendorff in protzigen Rahmen hinter staubigem Glas. Auch die Fenster sind wie immer schlecht geputzt und werden zum Lüften selten geöffnet. In der ganzen Schule steht der Mief. Hier wurden schon der Vater und der Großvater des Lorbass getriezt.

Jetzt sorgen der Lorbass und sein Mitschüler Günter Faulstich für frische Luft. Sie schießen mit ihren Flittschen, Steinschleudern, mehrere Fenster ein. Das kaputte Glas wird vom Hausmeister durch Pappe ersetzt. Die Schuldigen werden nicht gefunden. Es wird vermutet, dass ein Betrunkener am Markttag seine Schrotflinte missbrauchte. Die Verursacher des Schadens, kleine runde Steine, sammeln die Täter in der Klasse auf und entsorgen sie heimlich. Günter Faulstich, ein jähzorniger Rotschopf mit Millionen von Sommersprossen, ist neben dem Lorbass das bevorzugte Prügelopfer des Lehrerkollegiums. Faulstich macht seinem Namen alle Ehre, er erledigt nie seine Hausaufgaben und gerät außer sich, sobald ein Knopf nicht ins Knopfloch will.

An seinem letzten Schultag vor der Flucht hat der Lorbass noch ein Weckglas voller Hühnerkot gesammelt und den am Morgen in die Schublade des Lehrerpultes gelegt. Nach dem Unterricht. Auch diese Freveltat wird nie aufgeklärt. Sie hätte so viel Anlass zur Schadenfreude gegeben. Der Lehrer hätte bestimmt einen Tobsuchtsanfall bekommen.

Kapitel 4

GEPLANTE VERFÜHRUNG

Es ist Krieg. Die meisten Lehrer sind inzwischen eingezogen. Eine junge Frau, Lore Papel, unterrichtet Deutsch, Englisch und Sport. Sie ist 24 Jahre jung, bildhübsch, hat eine makellose Figur. Der Lorbass, obwohl erst zwölf Jahre alt, ist zum zweiten Mal verliebt.

Seine erste Liebe war Anni, das Kindermädchen. Sie hat ihn schwer enttäuscht. Der Lorbass ist früh in eine vorpubertäre Phase geraten, hat mit anderen Jungen auf dem Heuboden das Gruppenwichsen gelernt, ist durch die vielen Tiere auf dem Hof total aufgeklärt, was ihm eine Sonderstellung unter den Stadtkindern eingebracht hat. „Wie jross ist der Schwengel beim Hengst?" Nun will er sein Wissen und seine Wollust an Anni ausprobieren.

Sein Plan ist gut. Einmal in der Woche geht Anni auf den Boden des Wohnhauses, um Wäsche aufzuhängen. Der Lorbass hat dort ebenfalls einige Schnüre gespannt, an denen er Obst, in Scheiben geschnitte-ne Äpfel und Birnen, zum Trocknen aufhängt. Ein süßer Ersatz für Schokolade und Bonbons, die es wegen des Krieges nicht zu kaufen gibt. Nur Kara-mellbonbons aus Zucker und Butter kann er auf ei-nem Blech in den Ofen schieben.

Der Lorbass weiß genau, wann Anni die Bodenstie-ge hochkeucht und wo sie die Wäsche absetzt. Kurz bevor sie kommt, stellt er sich dorthin, öffnet die Hose und beginnt zu masturbieren. Er denkt, wenn sie seine stolze, steile Männlichkeit sieht, kann alles geschehen, selbst das Unaussprechliche.

Anni kommt, sieht und schreit: „Du Schwein!" und läuft zum Großvater, um den Jungen zu verpetzen. Der Großvater nimmt seinen Ochsenziemer, eine feste Peitsche, Leder um einen Stahldraht gewickelt, und zieht ihm mehrere Striemen über den Hintern, die aber weniger schmerzen als die Schmach, die er erleidet.

An einem Abend, der Lorbass hat wieder ein-mal Stubenarrest, weil er mit seiner Flittsche, einer Ypsilon-förmigen Astgabel, an deren Gabelenden ein rotes Weckglasgummi mit Draht befestigt ist,

Fensterscheiben im Kuhstall aus großer Entfernung zielsicher zerdeppert hat, entwickelt er einen grandiosen Plan.

Um ihn detailliert auszuarbeiten, öffnet er das Fenster seines Zimmers, springt auf die Brüstung einer angrenzenden Terrasse, von dort auf einen dicken Eichenast, hangelt nach dem Stamm und gleitet zu Boden. Auf einer „Klattka", einem Steg am nahen See, ordnet er seine wirren Gedanken.

Von dem Steg hatte ihn der Großvater, als er fünf Jahre alt war, eines Sommertages ins Wasser geschubst. Der Lorbass hatte vorher am Ufer gespielt. Jetzt lag er im tiefen Wasser des Sees, konnte keinen Grund finden. Der Großvater hatte sich umgedreht und zum Ufer gezeigt: „Da ist das Land."

So hat der Lorbass schwimmen gelernt. Wie ein Hund, denn niemand konnte ihm richtige Schwimmzüge beibringen. Wie ein Hund schwimmt er noch, als er mit zehn Jahren seinen Freischwimmerschein macht. Dafür kann er besser tauchen als die meisten Erwachsenen. Das hat er von den Haubentauchern im See gelernt. Mit ihnen taucht er um die Wette. Er gewinnt niemals, doch er wird immer besser.

Seinen grandiosen Plan kann er schon kurz nach den Sommerferien in die Tat umsetzen. Die Genehmigung der Großeltern liegt vor. Er darf die Lehrerin Fräulein Papel für ein Wochenende einladen. In Kriegszeiten ist eine Einladung aufs Land für jeden Stadtbewohner zumindest ein lukullisches Vergnügen. Endlich einmal satt essen! Gaumengenüsse kosten, die es auf Lebensmittelkarten nicht gibt. Lore Papel sagt sofort zu, verzichtet sogar darauf, ihren Freund, den Sturmbannführer Brand, der sie jeden Tag nach der Schule abholt, zu sehen.

Dieser Brand hat beim Lorbass mehrere Sternchen. Eins, weil er mit Lore Papel schmust, sie „poussiert". Ein zweites, weil er unverschämt gut aussieht. Das dritte, weil er einen hohen Rang bekleidet. Ein weiteres, weil er ein Motorrad, eine NSU, besitzt und damit herumknattert. Zu allem Überfluss ist er auch noch arrogant und bezeichnet die Schüler, die Lore Papel unterrichtet, als „dumme Schnösel".

Es gibt also genügend Gründe, um Überlegungen anzustellen, wie man dem Brand einige Sorgen bereiten könnte.

Als Erstes lässt der Lorbass dem Rivalen die Luft aus den Reifen. Mehrfach. Die Plattfüße färben das Ge-

sicht des Bannführers so rot vor Wut wie die Farbe seiner Uniformschnur. Das Rot wird noch inten-
siver, als er die Reifen aufpumpen muss. Danach
schüttet der Lorbass heimlich einige Löffel Zucker
in den Tank. Der braune Rübenzucker verbindet
sich mit dem Benzin und legt die NSU lahm. Von
da an muss der Sturmbannführer sich die Hacken
seiner schwarzen Stiefel schief laufen. Der Lorbass
kann weiterhin reiten.

Seit der Zusage der Lehrerin, den Lorbass zu besu-
chen, schläft der nur noch wie ein Feldhase. Fast alle
Gedanken haben etwas mit Lore Papel zu tun. Er
würde bedenkenlos sein Taschengeld von vier, na ja,
zwei Wochen opfern, wenn er nur mal ihre Brüste
streicheln dürfte.

Kapitel 5

REINFALL UND VERFEHLUNGEN

Es wird verabredet, dass der Lorbass Lore Papel an einem Sonnabendnachmittag am Bahnhof in Schwentainen abholt. Der Junge hat alles bis ins Detail vorbereitet. Die beiden Kutschpferde, dunkelbraune Trakehner, Juri und Jurisko, hat er selbst gestriegelt und angeschirrt. Dafür hat der alte Konrad, der Kutscher auf dem Hof, sogar seine ultramarinblaue Uniform mit den goldenen Knöpfen angezogen, um den „jungen Herrn" zu kutschieren. Auf Drängen des Lorbass sind sie schon eine Stunde vor Ankunft des Zuges am Bahnhof.

Petrus ist auf seiner Seite. Der Himmel ist blaublank geputzt. Die Schwalben fliegen hoch. Es ist angenehm warm, aber nicht zu heiß, so dass keine Bremsen die Pferde quälen. Als der Zug langsam, aber mit mächtig viel Dampf und einem Pfiff an die Bahnsteigrampe rollt, beginnen die beiden Trakehner zu piaffieren, doch Konrad hat eine feste Hand.

Lore Papel trägt ein hellgraues Baumwollkleid, ein Vorkriegsmodell. Ihre blonden Haare, mittellang, fallen offen über ihre Schultern. Glücklicherweise fangen die zwei Fahrschüler, mit denen der Lorbass sonst gemeinsam fährt und die jetzt lärmend aus den Abteilen springen, nicht zu feixen an. Sie haben einen Bildband über die Olympischen Sommerspiele von 1936 in Berlin dabei und kichern wie alberne Mädchen beim Anblick der jungen Damen im Sportdress, der wenig zeigt, aber viel vermuten lässt. Der Lorbass ist heute nicht zur Schule gegangen. Der Großvater hatte nur gemeint: „Brauchst nich zu jehen. Aber das Zeujnis muss jut sein."

Auf der Fahrt zum Hof verfliegt die anfängliche Spannung, die Fräulein Papel befallen hat, den Lorbass jedoch fast schüttelt. Stumm, vorbei an hohen Bäumen mit dichtem Unterholz, rollt die Kutsche durch einen Wald – gesunde Bäume, nicht von saurem Regen oder Borkenkäfern angekränkelt. Gut geschützt hausen hier Hase und Hirsch, Rotwild, Fasanen, Birkhühner. Der Lorbass zeigt auf dichtes Farnkraut. „Wenn die Großmutter die Farne sieht", sagt er, „ermahnt sie mich stets: ‚Jungchen, zieh die Stiefel an, wejen de Kreuzottern.'"

Noch eine Kurve. Vor ihnen liegt langgestreckt der See. Dann das Ortsschild „Schwentainen". „Leitet sich ab von Svientaine (heiliger Hain)", weiß der Lorbass.

Das erste Haus wird von den Taduschewskis bewohnt. Mit dem blonden Horst, mit dem er dann und wann Fußball spielt – „lass man, kommt doch jut, der Ballche" – sollte man besser nicht raufen. Er ist der einzige Junge im gesamten Kirchspiel, der einen Amboss anheben kann. „Aber den Text des Horst-Wessel-Liedes", schmunzelt der Lorbass, „kann er nicht behalten." Leider nimmt das Schicksal dieses jungen Herkules später einen tragischen Verlauf. Der Lorbass fährt mit Horst Taduschewski eines Tages zur Wehrertüchtigung in ein leer stehendes Genesungsheim. Weil Horst schon am ersten Tag einige Jungen arg verbeult – sie haben seine „Klumpen" (Holzpantinen) versteckt – rächen sich die Geschlagenen und legen ihm rohe Eier in den Schlafsack.

Am Abend kriecht Horst, wie es seine Art ist, in seinen Schlafsack, zerdrückt zwangsläufig die rohen Eier, befreit sich wutschnaubend, mit gelbem Schleim bekleckert, aus seinem Nachtlager und rennt brüllend aus dem Haus direkt in den Treuburger See. Als er, immer noch nackt, zurückkommt, wird er von mehreren Wachposten festgenommen und einem Offizier vorgeführt. Der Vorfall wird protokolliert.

„Wahrscheinlich", meint der Offizier, „werden die, die dich zum Narren hielten, ihre Gründe haben, du dammlicher Pollack." Der Name Taduschewski kommt zwar ursprünglich aus dem Polnischen, Horst ist aber Deutscher. Er ist zutiefst in seiner Ehre gekränkt und sagt kein Wort. Stattdessen packt er, immer noch nackt, den Offizier, hebt ihn über den Kopf und schleudert ihn durch das geschlossene Fenster. Leider liegt das Zimmer, aus dem der Offizier fliegt, im zweiten Stock. Der Offizier erholt sich nicht mehr. Horst wird noch in der Nacht, notdürftig bekleidet, von einer Streife abgeholt und in ein Konzentrationslager gebracht. Auch er erholt sich nicht von den Torturen, die man ihm dort antut.

Der Lorbass erklärt nach einer Pause Fräulein Papel, die aufmerksam zuhört, dass der Schlachter im Dorf Faltin heißt, der Lebensmittelhändler Henning, weist auf den Fischer Pryschkin, der auf einem blanken, nassen Tisch seinen Fang ausnimmt: Plötze, Barsche und Hechte. Er zeigt auf das Kriegerdenkmal, das an die Toten nicht nur des Ersten Weltkrieges erinnert, sondern auch an den letzten Sieg 1870-71. Er weiß, dass einige in Stein geschlagene Runen die grandiose Schlacht von 1866 bei Königgrätz feiern, die dank hervorragender preußischer Generalstabsarbeit der Herren Moltke und Clausewitz und dank des preußischen Zündnadelgewehres nur einen Tag dauerte und wenige Opfer forderte. Nachträglich dankt er dem Großvater für den guten Geschichtsunterricht.

Vom Bahnhof bis zum Hof sind es rund sieben Kilometer. Schwentainen liegt direkt am gleichnamigen See. Die Häuser kleben hier links und rechts an der Kopfsteinpflasterstraße. Die Masuren haben mit den Indianern Nordamerikas nur eins gemein: Die meisten Häuser liegen so weit voneinander entfernt, dass sie mit einem Steinwurf nicht zu erreichen sind. Das bedeutet mehr Frieden.

Der Lorbass unterhält die Lehrerin prächtig. Er erzählt, dass der Kaufmann Henning einen kleinen Saal hinter seinem Laden hat, der eigentlich Silberhochzeiten und anderen Ehrentagen dient, einmal im Monat aber zur Kinovorführung mit Bänken und einem großen Tischtuch als Leinwand umgebaut wird. Er verschweigt auch nicht, dass er, obwohl noch zu jung, heimlich durchs offene Toilettenfenster eingestiegen ist, sich unter den Bänken, zwischen den Beinen der Zuschauer, bis in die erste Reihe gerobbt ist, um „Quax der Bruchpilot", „Heimat" mit der schwedischen Nachtigall Clara Zylinder – wie Großvater die Königin des dramatischen Augenaufschlags, Zarah Leander, nennt – und „Kampfgeschwader Lützow" zu sehen. Er verschweigt, dass er einige Diven wie Olga Tschechowa oder Anni Ondra auch gern auf den Hof einladen würde.

Er fährt fort mit Faltin, dem Schlachter, der eher aussieht wie ein Bankangestellter, weil er, klein und schmächtig, stets mit schwarzen Ellbogenschonern und einem blau-weiß gestreiften Hemd herumläuft. Doch an Schlachttagen auf dem Hof knallt er einer Kuh oder einem Stier, ohne mit der Wimper zu zucken, einen Bolzen an den Kopf, so dass die Tiere bewusstlos umfallen, um danach abgestochen zu werden.

Der Lorbass zeigt auch die schäbige Hütte mit dem vermoderten Reetdach, in dem der Dorfdepp, der aus einer inzestuösen Verbindung stammende Kielmann, lebt, der jedem Fußgänger hinterherläuft, unverständlichen Wortwirrwarr stammelnd, aber keiner Fliege etwas zuleide tut.

Als sie den Hof erreichen, besitzt Sultan, der Wachhund, der große Bernhardiner, so viel Anstand, dass er ausnahmsweise den Lorbass nicht im Galopp umrennt, um ihn dann, mit den Vorderpfoten auf den Schultern des Jungen, abzulecken. Das Bekanntmachen mit den Großeltern, Anni und Ina, der Heidewachtel, fällt dem Lorbass nicht schwer. Gute Umgangsformen, auch den Handkuss, hat er früh gelernt.

Es versteht sich, dass der Junge auch dunkle Seiten hat. Schon als Kleinkind muffelt er an einem Leibniz-Keks lustlos herum, beschimpft sein Kindermädchen, die Anni, mit dem ungebührlichen Wort „Sau", und wenn sie die Hand hebt, um ihm eine Ohrfeige zu verpassen, sagt er „Sauchen". Er bläst mit einem Strohhalm „Poggen" (Frösche) auf und lässt durch Unachtsamkeit die Beine guter Bruthennen in die Speichen seines Fahrrades geraten, wobei sie irreparable Brüche erleiden und in den Kochtopf wandern. Das Fahrrad hasst er, weil es Vollballonreifen besitzt und schwer in Gang zu bringen ist. Die Glucken sind vom Gut Sedan geliehen. Die Besitzerin, Frau Pietruschinski, läuft hochrot an, jappst nach Luft und petzt bei Großmutter Lina am Telefon sofort die Untat. Er hat schon Einiges auf dem Kerbholz, der Lorbass.

Jetzt schlägt die große Stunde des Jungen. Er hat zwei Pferde gesattelt, die Satteltaschen mit einem Picknick gefüllt: Bratklopse, Mostrich, geräucherter Aal, selbst gebackenes Brot, hausgemachte Butter, Geschirr, zwei aus dem Keller gemopste Flaschen Wein, eine Tischdecke, Stoffservietten und eine blaue Decke, sie wird auf dem hinteren Sattelrand verschnürt.

Lore Papel hat inzwischen sandfarbene Reithosen und eine weiße Bluse angezogen. Sie sieht umwerfend aus. Ganz Kavalier, hält ihr der Lorbass beim Aufsitzen den Steigbügel. Auch zu Pferd macht sie eine gute Figur. Es ist Nachmittag. Über sandige Feldwege reiten sie zum einsamen Mul- und Bruchsee, einem typisch masurischen Endmoränensee, nach der letzten Eiszeit entstanden. Sie reiten nebeneinander her. Dann und wann klirren ihre Steigbügel aneinander. Das Geräusch löst beim Lorbass wahre Wonneschauer aus.

An einem mit Sorgfalt ausgewählten Platz sitzen sie ab. Der Lorbass legt Sättel und Trensen ins warme Gras und lässt die Pferde weiden. Er deckt die Tischdecke mit den mitgebrachten Köstlichkeiten, entkorkt eine Flasche Wein, „Forster Ungeheuer" aus der Rheinpfalz, und bittet Lore, Platz zu nehmen.

Sie essen und trinken, plaudern keineswegs belangloses Zeug, sondern über Pferde und die umliegende Natur. Der Lorbass kennt sich aus. Er kennt Kalmuswurzeln, die Heilkraft besitzen, Gänsefingerkraut, Hirtentäschel und die zierlichen Sprossen vom Zittergras, alles Heilkräuter, die für die Schule gesammelt werden – was auch mit Zeugnisnoten versehen wird. Anni sei Dank, bekommt der Lorbass nie eine Sechs. Er weiß, dass der See 78 Meter tief ist, schon zwei Meter unter der Oberfläche die dunkelblaue Farbe verliert und geheimnisvoll schwarz wird.

Eine Lieblingsbeschäftigung des Lorbass besteht darin, Pferde von der Koppel zu holen, vier bis sechs Tiere an Halftern eng aneinander zu binden, sich selbst auf das Pferd an der linken Außenseite zu schwingen und sie zum Tränken in den See zu führen. Da der See sehr schnell tief wird, kann er mit einigen Tieren sogar schwimmen. Das ist nicht ganz leicht, da die Hinterhand beim Schwimmen fast senkrecht abfällt und der Reiter schnell absitzen muss, eine Hand in die Mähne gekrallt. Erst wenn das Pferd festen Boden unter den Hufen findet, kann er mit Schwung wieder auf den Rücken gleiten. Pferde sind gute Schwimmer, solange sie kein Wasser in die Ohren bekommen.

Nach dem Festmahl rückt der Lorbass etwas näher an Lore heran. Sie lässt es geschehen. Nach einer Weile wagt er es, einen Arm um ihre Schulter zu legen. Schelmisch, schon etwas kokett, legt sie den Kopf schief und sieht ihn lächelnd an. So weit hat er alles durchdacht. Jetzt ist er blank. Es mangelt ihm an Erfahrung, die seine Vorstellungskraft speisen könnte. Ihr Haar duftet nach unaufdringlichem, edlem Parfum. Ihre Augen erzählen vom Paradies, von der Hölle, süßer Verführung, dumpfer, geheimnisvoller Lust. Das Ziel ist nah, doch dem Lorbass wird es zu viel. Ihm schwinden die Sinne. Er meint, seine Augen würden verrutschen, er müsse schielen. Er wird ohnmächtig.

Kühles Wasser auf seinem Gesicht, von Lore Papel eiligst aus dem See geschöpft, bringt ihn wieder zur Besinnung. Da die Sonne mittlerweile glutrot geworden ist und sich auf den Horizont zu bewegt, fängt er hurtig die Pferde ein, sattelt und zäumt sie auf. Lore hat die Reste des Picknicks zusammengepackt. Auch die Weinflasche kommt wieder in die Satteltasche.

Stumm reiten sie auf den Hof zurück. Der Lorbass hält nun so viel Abstand, dass die Steigbügel sich nicht mehr berühren können. Eine Zauberblase ist geplatzt. Lore muss am Abend allein mit den Großeltern und dem Inspektor tafeln. Später spielen sie noch eine Runde Karten, wobei der Großvater haushoch verliert.

Der Lorbass liegt im Bett, hat Fieber. Er ist in eine Krankheit geflüchtet, die sich erst am Montagmorgen bessert, so dass er mit Lore Papel in die Schule fahren kann. Er sitzt im Zug nicht neben ihr, sondern zieht es vor, mit den beiden Fahrschülern Skat zu spielen.

Es dauert mehrere Wochen, bis er für Lore wieder so schwärmt wie vorher. In der Turnstunde, während sie am Barren bravouröse Felgen vorführt, schiebt er heimlich, hinter einem Kasten versteckt, eine Hand in seine Turnhose.

Wenn er wüßte, dass Lore Papel sich inzwischen mit dem Sturmbannführer Brand verlobt hat, wäre seine Hand, als hätte ihn eine Schlange gebissen, aus der Hose gefahren. Er weiß nicht, dass der Großvater der Lehrerin einen Brief geschrieben hat, in dem er sie zu einer Treibjagd eingeladen hat. Ihre Antwort hat die Großmutter abgefangen, gelesen und ins Herdfeuer geworfen. „Du Kreet, dir werd' ich's zeigen", hat sie gegrummelt. Was in dem Brief stand, bleibt unaufgeklärt.

Der Großvater erklärt, worüber in anderen deutschen Bundesländern nach dem Krieg herzlich gelacht wird: „Alles ham se uns jenommen. De Heimat, die Ritterjüter, nur eins is jeblieben: ein unheimlicher Jeschlächtstrieb." Hinter vorgehaltener

Hand wird im Kirchspiel viel über den Großvater getuschelt. „Der Justav hat's faustdick hinter den Ohren. Der mecht mehr uneheliche Kinder jemacht haben, als er Kutschpferde in seinem Stall hat." Nun gut, viel Feind, viel Ehr.

Eines Abends, der Großvater hat schon „mächtig einen über den Durscht jezojen", vertraut er dem Enkel ein Geheimnis an. „Mecht's wissen, wie's am schensten is, wenn du mit 'ner Frau, na, du weißt schon, im Bätt in Rage jekommen bist?" Natürlich ist der Lorbass mehr als wissbegierig, zumal die Pubertät ihn mehrmals am Tag vom Himmel in die Hölle stürzt. „Also", fährt der Großvater fort und wischt sich mit dem Handrücken über die Lippen, „du musst die Bättdecke im Ricken lüften, so dass der Po und die Länden unbedäckt sind. Wenn dann noch ein kiehles Liftchen weht und deine Haut streichelt, kannst unendlich lang – na, du weißt schon – wie ein Eber rummeln."

Kapitel 6

SCHARMÜTZEL UND KRIEGSLISTEN

Es ist Herbst geworden. „Wer jetzt allein ist, wird es lange bleiben." Der Lorbass hat das wunderbare Rilke-Gedicht auswendig gelernt. Die Mutter, erst seit dem zweiten Kriegsjahr bei ihrem Sohn in Schwentainen, weil in ihrem Wohnort, in Hamburg, Luftangriffe drohen, ist schon im zweiten Jahr allein. Der Mann ist an der Front. Jeden Feldpostbrief liest sie dem Lorbass auszugsweise vor. Den letzten trägt sie stets in ihrem Büstenhalter.

Das Korn ist gedroschen, der Grummet, die zweite Heuernte, eingefahren. Die Ernte ist in diesem Jahr reichlich, auch Lupinen zur Ölgewinnung, Erbsen und Wicken blieben von den Unbillen der Natur verschont. Großvater wird vom Landrat mit dem Verdienstorden geehrt. „'N paar Flaschen Rotspon wär'n mir lieber", brummt er. Hinter dem Hof ist eine hohe Strohmiete aufgeschichtet. Die Jungen aus dem Dorf und der Lorbass bauen sie zu einer Festung aus. Sie zupfen so lange Strohhalme, die in verschiedene Richtungen verlaufen, aus der Miete, bis ein Labyrinth aus Tunnelgängen entsteht. Durch die untersten Gänge zu ebener Erde schieben sie mit einigem Nachdruck Kälber, damit die Löcher größer werden.

Eine neue Schlacht steht bevor. Die letzte auf dem See gegen den Erzfeind, die Jungen aus dem Nachbardorf Suleiken, am gegenüberliegenden Seeufer gelegen, ging verloren, weil die selbst gebauten Flöße beim Zusammenprall mit den besser gebauten Barken der Suleiker untergingen.

Ein Parlamentär wird auf dem Fahrrad mit weißer Fahne nach Suleiken geschickt. Der Lorbass hat eine Kriegserklärung mit eigenem Blut aus dem linken Unterarm geschrieben, so frech, dass die Gegner die Herausforderung sofort annehmen und bereit sind, die Strohburg zu stürmen.

Die Schwentainer sind bestens gerüstet. Einige Tunnelgänge sind zu Fallen umgeformt worden, mit Kuhscheiße gefüllt. Als die Suleiker mit Gebrüll ankommen, greifen sie zum Äußersten und wollen die

Miete anzünden, in der sich die Schwentainer verschanzt haben. Doch auch die zögern nicht, zu wirksamen Waffen zu greifen.

Leere Flaschen haben sie mit Karbid und Wasser gefüllt. Diese Abwandlung von Molotow-Cocktails werfen sie auf die Angreifer. Ein Wunder, dass niemand ernsthaft verletzt wird! Als die Suleiker abziehen, werden sie von den Siegern verhöhnt. Der Lorbass steht oben auf der Miete, passt nicht auf und rutscht in die Tiefe, direkt in einen Stacheldraht. Er muss als Einziger ernsthaft Wunden lecken – und sogar vom Arzt versorgt werden.

Der kommt heimlich in der Nacht. Doktor Müller ist mosaischen Glaubens, ein Jude, den die Schwentainer schon seit der Reichskristallnacht 1938 verstecken. Bislang hat ihn niemand verpfiffen. Im Gegenteil. Dr. Müller ist es noch nie so gut gegangen. Das denken zumindest die Leute von Schwentainen. Freiheit ist für sie ein gewohntes Gut.

Dr. Müller ist ein kleiner Mann. Er geht gebeugt, als müsste er eine schwere Last tragen. Sein Gesicht ist gezeichnet von tausend Falten. Dicke Augenbrauenbüschel stehen wild wuchernd über seinen eng stehenden, wässrigen Augen, die aber wach wie die eines Habichts sind. Obwohl er kein leichtes Los zu tragen hat, ist er ein Meister des Lächelns, hat großes Verständnis für Kinder, ist stets bemüht, anderen Menschen zuzuhören. Gern lässt er sich auf ein Glas Wein oder Schnaps einladen. Er sagt nicht „Prosit" oder „Nasderowje", sondern „Lachaim".

Einigen ereignisarmen Tagen folgt ein willkommener Höhepunkt. Auf dem Hof hat sich eine Musterungskommission angesagt. Auch Pferde werden eingezogen. „Ich kann's nicht verhindern", sagt der Landrat, Großvaters Freund. „Lass sie kommen", ist Großvaters kurze Antwort.

In mehreren Kübelwagen rollen Soldaten in schwarzen SS-Uniformen auf den Hof. Sie parken ihre Wagen exakt in einer Linie, benehmen sich wenig höflich, wollen Pferde wählen, die zum großen Teil zur Zucht gehören, Remonten aus Trakehnen.
„Wir kommen morgen wieder", erklären sie und verschwinden. Sie werden, entgegen der masurischen Gastfreundschaft, zu keinem Gläschen Schnaps eingeladen.

Am Abend gehen der Großvater und der Lorbass in die Pferdeställe. Sie ziehen bei allen Tieren, die auf keinen Fall den Hof verlassen dürfen, Haare aus dem Schweif und binden sie den Pferden um die Fesseln. Mal vorn, mal hinten, mal links, mal rechts.

Als die SS am nächsten Morgen wieder auf den Hof rollt und sich die ausgewählten Pferde vorführen lässt, lahmen die Tiere, haben dicke, geschwollene Beine, gehen „laurig". Der kommandoführende Offizier erwägt, Großvater zu verhaften. Er zieht seine Pistole aus dem Halfter. „Sie übergebe ich persönlich dem Richter Freisler, Sie Saboteur!", flucht er. Der Großvater steht wie ein Denkmal mit einem geladenen Drilling auf der Eingangsterrasse des Wohnhauses. „Das wird ein Nachspiel haben", droht der Kommandeur. Die SS zieht ab. Die prompt eintreffende Anzeige wirft der Landrat in den Papierkorb. Ein wahrer Freund in der Not.

Kapitel 7

DIE GEBÄNDIGTE ZEIT

Die Uhr steht unter einem Glassturz im Damensalon, der bei Festlichkeiten durch Schiebetüren mit dem Herrenzimmer und dem Wintergarten verbunden werden kann. Fasziniert sitzt der Lorbass vor der Uhr, die nur einmal im Jahr aufgezogen werden muss. Er starrt auf die horizontal schwingenden vier Kugelpendel, die mit Stegen an einer Scheibe befestigt sind. Ihr Ausschlag ist immer gleich. Der Lorbass vergleicht sie mit seinen Herzschlägen. Alles, bis auf den Glassturz und das weiße Zifferblatt, ist goldgefärbt. Jedes Rädchen, jede Schraube, jeder Zagen, jeder Zeiger. Am Neujahrsmorgen wird sie vor allen Hausbewohnern aufgezogen. Auch Ina, die Heidewachtel, sieht zu. „Warum muss die Zeit bei uns geschützt werden und an der Kirche nicht?", fragt der Lorbass die Großmutter. „Die beschützt das liebe Jottchen selbst", ist die Antwort. „Wohnt der liebe Gott in Schwentainen?" – „Auch, Lorbassje, auch."

Ist das Frühjahr für Paris geschaffen worden, so sind Ernte- und Jagdsaison maßgeschneidert für Masuren. Schnee hellt im Winter die dunklen Wälder auf. Die Sonne bewirkt im Sommer spannende Lichtspiele zwischen den Blättern. „Es ist, als würde der Schöpfer die Erde puscheien (streicheln)", sinnt der Großvater. „Und wenn im Winter die Wölfe heulen und das Eis im See kracht, kennt man meinen, der Jehörnte jeht auf Jagd."

Kapitel 8

FESTE UND IHRE FOLGEN

Feste – Geburtstage, Weihnachten und Ostern – werden im Krieg bescheiden gefeiert. In Masuren dauern sie dennoch mindestens drei Tage.

Die nächsten Nachbarn vom Gut Sedan, die Pietruschinskis, wohnen weit entfernt, brauchen mit der Kutsche fast drei Stunden, mit dem Zug gut zwei Tage. Vor allem kommen Verwandte. Für die meisten hat der Großvater stets das Brecht-Zitat bereit: „Es ist schon ein Verdruss, dass man verwandt sein muss."

Frau Pietruschinski hat einen großen Busen. Ihre Kleider sind stets tief dekolletiert. Eine dicke Bernsteinkette liegt auf ihrer geröteten Haut. Jede Kugel ist facettiert, blutrot, ist voller Insekteneinschlüsse.

Der achtzigste Geburtstag der Urgroßmutter steht bevor. Mascha Pzyborowski, Großmutters Mutter, ist ein Phänomen. „Sie sieht aus wie Adele Sandrock", vergleicht der Großvater sie mit der berühmten Schauspielerin aus der Stummfilmzeit.

Schon in ihrer Jugend maß sie höchstens einen Meter fünfundsechzig, nun ist sie noch um einige Zentimeter geschrumpft. Schweres Rheuma hat sie gebeugt. Ihre Hände sind so stark verformt, dass sie nichts mehr damit festhalten kann. Ihre geliebte Zigarre hält sie, sobald sie kürzer geworden ist, mithilfe einer Gabel. Zum Trinken benutzt sie beide Hände. Erstaunlicherweise kann sie noch spinnen, sitzt morgens oft am sirrenden Rad und singt alte, polnische Weisen vor sich hin.

Bei Jagden verteilt sie beim Halali die Eichenbrüche. Auch zu Pferde sitzt sie „wie ein Puppchen", sagt Großvater. Der Lorbass kann sie in diesem Jahr erstmals von einem Hocker in den Sattel heben. Sie ist federleicht. „Lorbassje, hilf!" Sie reitet grundsätzlich im Damensitz, beide Beine auf der linken Pferdeseite. Der Lorbass reitet neben ihr, hält einen Zügel ihres Pferdes. Sieht ihr Körper auch gebrechlich aus, verraten ihre Augen eine ungewöhnliche Energie. Auch sie liest noch jeden Tag die Zeitung.

„Grandmama", wie alle sie respektvoll nennen, hat vierzehn Kinder zur Welt gebracht. Neun davon hat sie „durchjebracht". Ihr Lieblingsgetränk ist französischer Cognac. „Zwei Schwänker am Tag sind jesund, drai jesünder", lautet ihr knapper Kommentar.

Passend zur Jahreszeit werden Gänse gebraten, gefüllt mit Äpfeln und Majoran. Es gibt auch Hasen und Fasane, selbst gestampftes Sauerkraut, mit Wein veredelt. Die Mägde müssen das Kraut mit bloßen Füßen stampfen, damit es sich besser mit der Salzlake vermischt.

Jede Menge Kuchen wird gebacken. Haselnuss- und Buttercremetorte, Sand- und Mohnkuchen. Der Mohn wird zusammen mit Wicken angebaut, im Mörser gestoßen, in heißer Milch eingeweicht, mit Zucker gesüßt, in kleine Leinenzipfel gewickelt und verschnürt. So wird er Kindern in den Mund geschoben. „Dann schlafen sie gut", erklärt Anni. Die Mütter können ungestört ihrer Arbeit nachgehen.

Der Landrat hat auf Bitten des Großvaters einige Kisten Rotwein aufgetrieben. Albrecht Czygan bringt Weißwein, Tabak der Henning, der auf Drängen des Großvaters sein goldenes Parteiabzeichen ablegen muss. „Nicht in meinem Haus. Ich dulde keinen Goldfasan."

Großvater weiß, dass der Fischer Pryschkin (dem ein inzestuöses Verhältnis mit seiner Tochter nachgesagt wird) den Schnaps schwarz gebrannt hat. Den Eierlikör für die Damen gibt Großmutter Lina dem Lorbass zum Rühren. Danach ist er total betrunken und muss sich übergeben. Als Großvater ihn kreidebleich auf der Toilette findet, singt er: „Ich pfeif' auf die höfischen Sitten, ich hab in den Ballsaal gekotzt." Der Vers stammt von einem Pfarrer.

Die Großmutter hat selbst einen Bärenfang, „Meschkinnes", angesetzt. Auf ein Kilogramm geschleuderten Honig, Großvater ist ein passionierter Imker, kommt ein Liter reiner Alkohol aus der Apotheke und als Katalysator eine halbe Flasche Weißwein, möglichst trocken. In einem „Demijon" muss das Gebräu sechs Wochen reifen. „Unsere Passionszeit", meint der Großvater. Bärenfang ist das beste Heilmittel gegen Erkältungen und Seelenschmerz, wie Tante Trudchen zu sagen pflegt. Die Wirkung ist verblüffend. Der Kopf bleibt klar, aber die Beine gehorchen nicht mehr.

Am Freitagnachmittag rollt die Kutsche mit den Pietruschinskis vor. Zwei Rappen, obwohl von ihrem Kutscher nicht überanstrengt, sind an den Flanken mit weißem Schaum bedeckt: Der schwere Lehmboden wird im Herbst zäh. Aus diesem Grund werden in Masuren Heu, Getreide, Kartoffeln und Rüben grundsätzlich vierspännig in Leiter- oder Kastenwagen eingefahren. Nach und nach treffen auch die anderen Gäste ein. Für den Lorbass eine Hoch-Zeit. Er zeigt den Besuchern ihre Zimmer und kassiert das eine oder andere „Dittchen" (Groschen), manchmal auch eine Mark. Am Abend kommt die Zeit des Beschnupperns und des „Vorschmacks". Die Gäste sitzen in den Salons bei Wein, Likör und kleinen Häppchen, belegt mit hausgeräuchertem Aal und Schinken. „Erbarmung, was 'ne Jabberei", schüttelt der Großvater seinen Kopf. Doch Frau Pietruschinski, die ihren Nachbarn und Freund Gustav schon lange kennt, hakt ihn unter und führt ihn zu ihrem Mann, der hat Havanna-Zigarren, die edle Marke „Monte Christo", mitgebracht.

Als alle Gäste erschienen sind, kommt Grandmamas Auftritt. Sie legt Wert darauf, stets die Letzte bei feierlichen Anlässen zu sein. Als sie erscheint, ganz in Schwarz, erstirbt sofort jede Unterhaltung. Es ist eine Respektbezeugung, Grandmama schweigend zu begrüßen.

Allein Schwiegersohn Bernhard, Rechtsanwalt aus Leipzig, also aus dem „Reich", wie es in Masuren heißt, Ehemann der Tochter Else, schwatzt wie ein Schwälberich beim Flirt mit einer Schwälbin, der Frau des Landrats. „Gnädige Frau sehen heute sehr verführerisch aus", balzt er.
Er merkt die strafenden Blicke der Umstehenden nicht, auch nicht, dass Grandmama auf ihn zuschreitet. Sie tippt mit dem Silberknauf ihres schwarzen Ebenholzstockes an seinen Rücken und hebt an: „Jungerr Mann, wenn ich einen Rrraum betrrete, bin ich jewohnt, dass alle schweigen. Märrken Sie sich das. Ich bin nämlich eine Dame, Sie Arrschloch!"

Ob der Getadelte innerlich im Boden versinkt, ist ihm nicht anzumerken. Eine leichte Rötung seiner Wangen kann der Lorbass bemerken. Dann wird der

„junge Mann" von seiner Frau, der Else, schleunigst aus dem Salon geführt. Ein kleiner Eklat gehört in Masuren zu jedem Fest. Gegen Ende oft auch eine Rauferei.

Großvater bringt einen Toast auf seine Schwiegermutter aus. „Stokro lata – möjest du hundert Jahre werden!" Das bleibt ein frommer Wunsch.

Der Lorbass ist in die Garderobe gegangen und schnuppert an allen Damenmänteln und Pelzen. Dann kommt er in den Salon zurück und bemüht sich unauffällig, die Düfte den anwesenden Damen zuzuordnen. Es gelingt ihm nicht ganz.

Beim Essen wird kräftig zugelangt, alle bekommen eine gesunde Gesichtsfarbe, auch die Städter aus Treuburg, Königsberg, Leipzig, Lyck und aus Hamburg. Danach beordert Großvater die Männer in das geräumige Herrenzimmer, auch Jagdzimmer genannt, dekoriert mit Bockgehörn und Hirschgeweihen, ausgestopften Fasanen, Birkhähnen, Mardern und einer riesigen Elchschaufel.

Doppelkopfrunden werden bestimmt. Ein Turnier. „Lorbassje, bleib bei mir", befiehlt der Großvater dem Jungen, der weiß, wo er Platz zu nehmen hat, obwohl er heute lieber bei den Damen bliebe, wo er für seine mit Wasser glatt gebürstete Scheitelfrisur noch einige Komplimente einheimsen könnte. Doch er mault nicht, durfte er doch heute zum ersten Mal am Tisch mit den Erwachsenen sitzen und nicht am „Katzentisch" – wie die Großmutter den Tisch für Kinder nennt.

„Pass auf, Lorbass!", platzt der Großvater heraus. Dem Lorbass ist er schmerzhaft gegen das Schienbein getreten. Alkohol macht gesprächig. Die Mitspieler sehen sich verblüfft an. „Was wird hier jespielt?", fragt der Landrat. „Na ja, das Übliche", weiß der Lorbass, aber er zieht es vor zu schweigen. Es war sein Fehler. Er hat dem Großvater ein falsches Zeichen gegeben, sich im vereinbarten Code geirrt. Dadurch hat der Großvater verloren. „Cholera! – Schiet!"

Grandmamas Geburtstag verläuft an diesem Abend erstaunlich friedlich. Aus dem Damensalon ertönt nur einmal die scharfe Stimme der Großmutter. „Jeh ins Bätt!" Gemeint ist ihre älteste Tochter Mia. Sie ist in Königsberg mit einem Bankier verheiratet und hat ihren Sohn Wilfred mitgebracht. Er ist ein Jahr älter als der Lorbass, aber ein absolutes Weichei. Unsportlich, um keine Ausrede verlegen. Vorlaut hatte er gesagt: „Wir wohnen in der Stadt. Nicht neben einem Kuhstall, wo man, wie mein Cousin, auf Balken balanciert." Der Lorbass hatte ihm, natürlich um anzugeben, das Kunststück am Nachmittag vorgemacht.

Tante Mia rauscht beleidigt davon. Mit ihr ist vor vielen Jahren Streit in die Familie gekommen, der sich – wie im Alten Testament vorausgesagt – bis ins siebente Glied, die nächsten Generationen, fortsetzen wird. Der Grund: „Sie hat den falschen Mann geheiratet und jibt ständig Widerworte", ist Großmutters Meinung. Der wahre Grund: Sie hat sich ihrer Eltern geschämt, weil die sich bei ihrer Hochzeit in Königsberg nicht so geziert benommen hatten, kein Französisch sprechen konnten und weder Bridge noch Whist spielten wie die Städter.

Im Jagdzimmer herrscht bald wieder Friede, der Lorbass wird ins Bett geschickt. Er wurde als heimlicher Helfer enttarnt. Somit wird der Großvater beim Kartenspielen nicht zu den Siegern zählen. Danach reden die Herren bei Rotwein über vergangene Zeiten.

Albrecht Czygan und der Landrat sind nicht nur die Ältesten, sondern auch Wortführer. „Ei, weißt noch, vor dem Ersten Weltkrieg, als die Russen aus Augustowo rüberkamen?", weckt der Landrat Erinnerungen. „Die konnten reiten wie die Teufel in ihren schneidigen Ulankas, Kosaken eben." – „Und Saufen", unterbricht Albrecht Czygan. „Erbarmung! Wodka immer aus Wassergläsern. War das Glas leer, wurde es über die Schulter an die Wand gepfeffert. Dann liefen sie mit ihren Gastgebern um den Tisch herum, mussten an einer Schmalseite in die Knie, krochen längs unter dem Tisch hindurch und suchten wieder ihren Platz, an dem eifrige Heloten neue, gefüllte Gläser hingestellt hatten." „Nasderowje – Prosit! Dodna – bis zum Grund." Wer am längsten durchhielt, war Sieger. „Und du, Gustav, warst immer vorn mit dabei." Der Großvater muss ob des Lobes schmunzeln.

Dann kramt der „jrosse Schwaijer, gegen den selbst ein Moltke jeschwätzig war", gemeint ist der ruhige Herr Pietruschinski, plötzlich ein Ereignis aus seiner Erinnerung. „An einem Herbsttag, meine Vorräte an Trinkbarem waren schon reichlich gelenzt, schoben die Russen die Möbel aus dem Esszimmer und dem anschließenden Salon. Zwei Parteien wurden gebildet und auf beide Räume verteilt. Die Schiebetür blieb offen. Das Licht wurde gelöscht. Dann zogen die sturzbesoffenen Kerle ihre Pistolen und Revolver und hielten sie so weit von sich entfernt, dass das Mündungsfeuer zwar zu sehen war, aber nicht der Schütze. Nun musste einer versuchen, über die Schwelle ins andere Zimmer zu gelangen und dabei „Kuckuck" rufen. Es gab eine wilde Knallerei, doch der Umstand der Trunkenheit bewahrte die Teilnehmer davor, Schaden zu nehmen. Nur die beiden Zimmer mussten in den folgenden Tagen renoviert werden."

„Jaja", meint der Landrat, „es war das letzte Mal, dass sie in friedlicher Absicht kamen. Beim nächsten Aufeinandertreffen, 1914 bei Tannenberg, hat der Feldmarschall Hindenburg sie mit unseren Soldaten in die Sümpfe gejagt, aus Masuren vertrieben. Die werden sich hüten, wiederzukommen!" Er sollte sich gewaltig irren.

Nun kommt der Großvater groß in Fahrt: „Neilich ruf ich das Telefonamt an. Ich sach, juten Taj, Freileinche, kennen se mich? Verbinden se mich mit

Neukuhrn zwai, ains, drai, bittscheen." Nach einiger Zeit meldet sich eine Stimme. Ich ruf: „Is da Neukuhrn zwai, ains, drai?" Ich her nur Rauschen und weit entfernt eine Frauenstimme. Ich sach: „Also wollt ich schicken nächste Woch zwai Bullen zur Körung." Wieder nur Rauschen im Hörer. „Ei wie, was is nu mit de Bullen und der Körung?" Die Telefonistin im Fernamt tut empört. „Was soll ich mit den Bullen zu tun haben?" Ich frach: „Ei, is das Neukuhrn zwai, ains, drai?" Die Anwort is: „Nai." Also sach ich: „Ei Marjallche, nu lej man nich auf. Dann is auch nuscht mit de Bullen und nuscht mit de Körung."

Die Herren lachen. „Ei Justavche, umständlich und abschweifend bist schon immer jewesen. Bist eben ein Steinmasure."

Kapitel 9

EINE TREIBJAGD MIT
TRAGISCHEM ZWISCHENFALL

Am nächsten Tag ist eine Treibjagd organisiert. Die Gäste, nur Männer, werden vom Großvater zu ihren Plätzen geführt. Die Treiber, Angestellte auf dem Hof, drücken das Wild aus einem Bruch und einem Waldstück. Am Waldrand, mit freiem Schussfeld, stehen die Schützen mit ihren Doppelflinten. Sie sind so aufgestellt, dass sie einander nicht treffen können, wenn sie sich an die Vorschrift halten, nicht weiter als im Winkel von sechzig Grad nach links oder rechts zu schießen.

„Halt mal die Flinte, Lorbassje." Der Großvater verspürt ein menschliches Bedürfnis. Er lässt hinter einem Busch die Hose herunter und geht in die Hocke. In diesem Augenblick brechen zwei Hasen in seinem Abschnitt durch. Ohne zu zögern springt der Großvater vor, lässt sich die Flinte reichen, schießt

zweimal, trifft einmal, doch alle Umstehenden können ihr Lachen nicht unterdrücken. Großvater mit
hängender Hose in der Kniebeuge. Zum Schießen!
Der Großvater grinst, zieht seinen Flachmann aus
der Joppe und leert ihn in einem Zug.

Jetzt knallt es in kurzen Zeitabständen. Immer mehr
Hasen, Fasane und auch zwei Füchse laufen oder fliegen den Jägern vor die Waffen. Ina, die Heidewachtel, wird nervös. Als Großvater anlegt, springt sie
ihn plötzlich an. Ohne zu zögern senkt er die Flinte und erschießt den treuen Hund. „Nicht schuss-
fest!", flucht er als Entschuldigung. Jähzorn ist eine
schlimme Eigenschaft, die in der Familie häufig vor-
kommt.

Die „Strecke", die Anzahl der erlegten Tiere, kann
sich sehen lassen. Es wird vieler Flaschen edlen Rotweins bedürfen, um das Wildfleisch besser rutschen
zu lassen. Großvater wird nach der Jagd, nach dem
Hornsignal „Hase tot!", geblasen vom Inspektor,
sehr viel Wodka trinken. Der Kummer über den Tod
seines Hundes nagt an ihm.

„Wirst wieder Hundchen spielen müssen", grummelt er und meint den Lorbass. Der Junge hat ver-

standen, dass er in nächster Zeit das Wild aufstöbern muss, damit der Großvater es schießen kann. „Immer an die Kieche denken." Der Lorbass wird öfter nasse Füße bekommen. Um keinen Schaden davonzutragen, „zur Vorbeujung", gibt es stets einen Schwenker Cognac.

Die Nachricht von Inas Tod hat sich bereits auf dem Hof herumgesprochen, als die Jagdgesellschaft heimkommt. „Na, ihr Helden!" Die Großmutter ist auf alle, besonders den Großvater, böse.

Der tote Hund bekommt auf einer Koppel, unter einer Eiche, sein Grab. Der Lorbass wird es im Frühjahr mit Gänseblümchen schmücken.

Kapitel 10

PIMPFE

„Zäh wie Leder, flink wie Windhunde und hart wie Kruppstahl" lautet die Devise, die Pimpfe zu befolgen haben. Jeden Dienstag- und Freitagabend nach der Schule versammelt der Lorbass seine Jungenschaft, acht Pimpfe aus dem Dorf, beim Krämer Henning am See. Er muss mit ihnen strammstehen und im Gleichschritt marschieren. Am beliebtesten sind jedoch Geländespiele. Eine Partei versteckt sich, am besten im Wald, die andere muss sie aufstöbern und die „feindliche" Stellung im Sturm erobern.

Die Jungen tragen rote oder blaue Fäden, aus Großmutters Nähkästchen organisiert, um die Handgelenke. Die Fäden müssen im Nahkampf, beim Ringen, zerrissen werden. Ohne Faden ist man tot.

Im Anschleichen ist der Lorbass ein Ass, das hat er vom Großvater bei der Jagd gelernt. Geräuschlos, ohne auf einen Zweig zu treten, gut getarnt, das Gesicht mit schwarzer Schuhwichse eingerieben, kann er dem „Feind" so nahe auf die Pelle rücken, dass er ihn im Sprung erreichen könnte. Doch das ist oft nicht zu empfehlen, denn einer Übermacht unterliegt man meistens schnell.

Da der Lorbass schon zweimal zur Wehrertüchtigung in Insterburg und Treuburg bei einem Lehrgang war, hat er viele Tricks gelernt, die er den Jungen im Dorf beibringen kann: Fallen stellen, Gruben ausheben, sie mit Ästen und Laub tarnen oder Ohren verdrehen und den Schwanengriff anwenden, wobei die Hand gegen den Unterarm gedrückt wird oder mit ausgestreckten Fingern dem Gegner die Augen ausdrücken. „Aber nur im Notfall!", warnt der Lorbass. Allerdings weiß auch er nicht, wann der da ist.

„Krieg ist schmutzig. Überleben ist wichtiger als siegreich sterben", hat der Großvater den Lorbass gelehrt. Der wird die Lehre beherzigen. Sein Leben lang, das ihn noch an einigen Kriegen teilnehmen lassen wird. Großvater findet es zwar in Ordnung, dass die Jungen topfit trainiert werden, doch „dass sie ihrem Führer getreu bis in den Tod folgen sollen, ist Mumpitz. Menschen sind keine Lemminge und einem Jefreiten folgt man nich!"

„Es zittern die morschen Knochen der Welt vor dem großen Sieg." Welcher Junge hat schon morsche Knochen? Die Uniform muss der Lorbass stets vom Hof schmuggeln. „Ich kann die Dinger nich laiden", brummt der Großvater. „Vor allem nech das Kackbraun." Leider hat er nur in Schwentainen das Sagen.

Kapitel 11

WINTERMÄRCHEN HEISS GEMACHT

Winter ist in Masuren mehr als eine Jahreszeit. Es ist Märchen und Katastrophe zugleich, Tod und sü-ßes Leben. Wenn Gott in Sibirien so kalte Finger bekam, dass er nicht einmal mehr die Faust ballen konnte und deswegen überreichlich Bodenschätze – Gold und Diamanten – fallen ließ, so straft er die Menschen in Masuren für ihre Sauf- und Rauflust mit beinharter Kälte, gewaltigen Schneemassen und eisigen Winden, die eine Orientierung bisweilen un-möglich machen. Mut ist gefragt. Manchmal mehr als Verstand.

Mächtige Schneewehen haben die Fenster auf dem Hof bis zum ersten Stockwerk zugedeckt. Von innen versucht man, die Fenster mit Moos und alten De-cken gegen Zugluft zu schützen. Eisblumen schmü-cken die Scheiben. Der Lorbass sitzt davor, kann fantastische Märchengestalten erkennen, auch einen Igel, der einen Fuchs küsst.

Die Kachelöfen in den Stuben werden Tag und Nacht mit Holzscheiten und Torf geheizt. Um die Glut in der Nacht nicht erkalten zu lassen, werden Torfstücke in feuchte, alte Zeitungen gewickelt. Es knistert und knackt. Am lautesten knallen die „Schieschkes" (Tannenzapfen). In den Ofenrohren werden Essen warm gehalten und Bratäpfel geschmort. Eine Zentralheizung gibt es noch nicht. Bei den Instleuten, den Hofangestellten, schlafen Erwachsene und Kinder auf den breiten Öfen.

Morgens um vier Uhr, wenn der Lorbass vom Großvater geweckt wird, ist es in seinem Zimmer bitterkalt. Auf dem Nachttisch ist das Wasser in der Kanne gefroren. Der Lorbass muss das Eis mit dem Zeigefinger aufstoßen und danach das Wasser in die Schüssel füllen. Meistens versucht er, mit einer Katzenwäsche davonzukommen. Doch die Frauen im Haus kennen alle Tricks. Sie kontrollieren die Handtücher. Er kann sie genauso wenig übertölpeln wie mit dem in der Bratröhre aufgeheizten Thermometer, wenn er die Schule schwänzen will und Fieber vortäuscht. Am Frühstückstisch sitzt schon der Großvater. Er sieht aus wie eine Rakete auf einer

Startrampe in Cape Canaveral. Auf seiner Stirn perlen Schweißtropfen. Sein Winterfrühstück ist immer gleich: In einen halben Liter Rotwein werden vier Eigelbe geschlagen, ein Klumpen Butter gerührt und eine Hand voll Zucker oder Rübensirup hinzugegeben. Das Gebräu wird erhitzt und vom Großvater in großen Zügen geschluckt. Danach „hebt er ab", kontrolliert die Ställe, die schlaftrunkenen Arbeiter, den Speicher, die Scheunen und legt Sultan wieder an die Kette. Jeden Morgen das gleiche Ritual. Im Sommer wird statt des Rotweins dunkles Bier mit den gleichen Zutaten erwärmt.

Gebetet wird nur, wenn die Großmutter dabei ist. „Der liebe Gott liegt auf dem Schlachtfeld von Verdun begraben." Großvater weiß, wovon er spricht. Im Ersten Weltkrieg hat er dort auch in den Gräben und Bunkern gelegen.

Auf dem See ist die Eisdecke so dick, dass selbst Pferdeschlitten darüber gleiten können. Der Hufschlag der Pferde erzeugt auf dem Eis ein dumpfes, grollendes Echo, als würden die Seegeister mahnen: Seid nicht zu sicher und stört unseren Winterschlaf nicht!

Doch da sie von den Menschen nicht zu sehr belästigt werden, die Fischer und Angler keine Ausbeutung betreiben, Säugetiere nur zum Trinken ans Ufer kommen, Schwimmer und Segler nur gelegentlich, wenn sie als verliebte Paare kommen, die Grenzen des Anstandes übertreten, kommt es zu keinerlei Katastrophen.

Den Lorbass zieht es häufig zu der Brücke, die den See teilt und die Straße nach Suleiken trägt. Hier friert das Wasser zuletzt, tummeln sich Wildenten, Gänse und Blesshühner. Wenn der Junge von der Brücke Brotbrocken aufs Eis wirft, hebt ein seltsames Rennen an. Die Vögel hasten aus dem Wasser aufs Eis und versuchen, so schnell wie möglich einen Brocken zu erhaschen. Bei dem Gerenne rutschen sie aus, fallen auf den Hals, den Steert oder die Seite, benehmen sich so tollpatschig wie Albatrosse bei ihren Starts und Landungen. Es sieht aus wie bei einer Massenschlägerei. Manchmal stürzt sich ein Erpel auf den anderen und versucht wie ein Ringer, den Rivalen nicht mehr hochkommen zu lassen. Die absurden Verrenkungen der Tiere lösen beim Lorbass lautes Lachen aus.

Kapitel 12

BESUCH IN BERLIN

Im November überrascht der Großvater den Lorbass mit der Ankündigung: „Lorbassje, wir fahren ins Reich, nach Berlin." Die Großmutter ist einverstanden. „Mit dem Lorbass zusammen kann er keinen Unsinn anstellen", meint sie. Zum Abschied bekommt sie von ihrem Mann einen Klaps auf den Hintern. Ein dickes Geldbündel hat der Lorbass in Treuburg nach der Schule von der Bank abgehoben. Die Vollmacht wurde anstandslos akzeptiert.

Berlin ist eine einzige Show. So weiche Teppiche, so viele glitzernde Leuchter, so viel Prunk wie im Hotel „Adlon" in der Reichshauptstadt hat der Lorbass noch nie gesehen. Auch der Großvater scheint beeindruckt zu sein. „Hier mecht man barfuß laufen", lächelt er zufrieden.

Am Abend hat er einen Tisch in den „Rheinterrassen" reservieren lassen. Der Lorbass kann sich benehmen, nippt vornehm am Wein und kommt vor lauter Staunen kaum zum Atmen. Die Augen drohen ihm aus dem Kopf zu fallen. Die schönsten Mädchen, die er jemals sah, schwingen ihre schlanken Beine.

Nach der Vorführung hat der Großvater auf jedem Schenkel ein Mädchen, eine Tänzerin, sitzen. Er amüsiert sich. Die Aufnahmekapazität des Jungen ist hingegen erschöpft. Bevor er einschläft, wird er mit einem Taxi ins Hotel gebracht. Der Großvater kommt erst gegen Morgen, als es schon hell wird, zurück. Das ist im November ziemlich spät.

Erst gegen Mittag werden sie von einem vornehm gekleideten Herrn, dem Hoteldirektor, geweckt. Es gibt ein Problem. Großvater hat, erheblich beschwipst, in der Nacht auf dem Kurfürstendamm oder in einer Nebenstraße eine Boulettenbude gekauft. „Weil die Bedienung nicht spurte und keinen Schampus ausschenken wollte", wie er zugibt. Nun geht es darum, den Schuldschein, den der Vorbesitzer präsentiert, einzulösen. Es bedarf einiger Telefonate mit der Treuburger Bank und gibt erregte Debatten mit dem Hoteldirektor, um das Problem zu lösen.

Erst am folgenden Tag fragt der Großvater, nun wieder nüchtern: „Ei, was soll ich mit der Klitsche?" Wieder werden lange Telefongespräche geführt. Mit dem Landrat, dem Inspektor auf dem Hof und der Bank. Nach zwei Tagen ist die Boulettenbude wieder verkauft. Leider mit erheblichem Verlust. „Jibt nuscht zu Weihnachten", grinst der Großvater. Er soll Recht behalten.

Die Heimreise wird ziemlich schweigsam. In Schwentainen schüttelt die Großmutter nur den Kopf. „Bist'n Duschak (Trottel)", ist ihr kurzer Kommentar.

Kapitel 13

EISIGE WEIHNACHT

Frau Holle hat Heiligabend keine Kissen geschüttelt. Doch ihr Verwandter, der eisige Ostwind, hat den zugefrorenen See blank gefegt. Das Eis ist so dick gefroren, dass es Pferde und Schlitten trägt. Es ist glasklar. Fische und Algen sind unter dem Eis deutlich zu erkennen.

Unweit vom Ufer, vor dem Seegarten, haben Männer ein großes Rechteck ins Eis gesägt, viereckige Brocken herausgeschnitten, die in Mieten, schwarzer Humuserde, eingelagert werden und bis spät im Sommer den „Kühlschrank heizen". Das Rechteck im See wird mit langen Reisigbesen gekennzeichnet, eine Warnung für Wanderer, eine Herausforderung für die Jungen auf Schlittschuhen. Die bestehen oft nur aus zwei an den Enden gebogenen, dicken Drähten. Die zugefeilten Enden werden unter die Klumpen, einfache Holzschuhe, jetzt im Winter mit Stroh ausgelegt, geklopft und eignen sich passabel zum Gleiten. Das Wasser über dem großen Loch ist zwar über Nacht wieder gefroren, doch auch nach zwei Tagen noch so dünn, dass es sich biegt wie eine Folie, wenn die Jungen darüberflitzen. Mit hohem Tempo und angehaltenem Atem gelangt jeder, der Mut hat, auf die rettende Seite.

Der Lorbass, der richtige Schlittschuhe besitzt, die man mit einem Vierkantschlüssel an die Stiefelsohlen schraubt, will beweisen, dass es auch mit geringem Anlauf und wenig Tempo zu schaffen ist. Prompt bricht er ein, gerät unters Eis, kann jedoch vom Schmied, vor dessen Arbeitsplatz das Theater stattfindet, an langer Leiter, mit der er sofort zur Stelle ist, herausgezogen werden. Schnell wird er in die Schmiede gebracht und seiner Kleidung entledigt. Nur mit der Joppe vom Schmied notdürftig bekleidet, wärmt er sich am Feuer der Esse auf.

Leider hat der dämliche Kurt Grigoleit gepetzt. Großvater und Anni eilen in die Schmiede. Sie verteilen Ohrfeigen. Großvater schickt ihn mit einer barschen Handbewegung ins Bett. Doch seine Wut ist schnell verraucht. Am Abend darf der Junge die Weihnachtsgeschichte vorlesen. Großmutter weint:

„Er liest so scheen." Anni plinst ebenfalls, jedoch aus einem anderen Grund. Geschenke gibt es für den Lorbass dennoch nicht, nicht einmal einen bunten Teller. „Indianerherz kennt keinen Schmerz", doch die Strafe tut weh.

Kurz vor Mitternacht werden die Großeltern und der Lorbass vom Kutscher, der in einen dicken Schafspelz gewickelt ist, in die Kirche gefahren. Am Schlitten läuten kleine Glöckchen. Obwohl die Pferde Stollen, vierkantige, gut einen Zentimeter hohe Eisenstücke, die Seiten konkav ausgehöhlt, damit sie auf dem glatten Boden besser greifen, unter die Hufeisen geschraubt bekamen, ist ihr Hufschlag kaum zu hören. Es hat zu schneien begonnen.

Anni durfte schon am Nachmittag nach Hause in ihre Heimatstadt Lyck fahren, um dort „endlich, endlich" in eine katholische Kirche zu gehen. „Ihren Rosenkranz hat se mitjenommen, aber ihre Handschuhe hat se verjessen", sagt Großmutter Lina.

Die Schwentainer Kirche ist mit Tannenzweigen und Kerzen geschmückt. Die Predigt ist stinklangweilig. Der Pfarrer ist ein trockenes Männchen, „kann weder ein Gläschen kippen noch die Flinte bedienen", wie Großvater ihn charakterisiert. Der letzte Teil seiner Bemerkung ist doppeldeutig. Die Haushälterin, die dem Pfarrer die Wirtschaft führt, hat dem Großvater gegenüber behauptet: „Das ist kein ganzer Kerl." Alle irren sich gewaltig. Der Pfarrer hat in seinem Kirchspiel, in über zwanzig Dienstjahren vier uneheliche Kinder gezeugt und mindesten dreimal so viel Glück gehabt, wenn die Frauen nicht schwanger wurden.

Als er die Frau des Schweizers an einem Feiertag zur Kirche fährt, „ich will nur e Jansche (ein Gänschen), abjeben", beobachtet der Lorbass, wie hinter dem Rücken des Pfarrers, der das Geschenk an der Haustür entgegennimmt, eine blond gefärbte Frau in violetten Dessous und schwarzen Strapsen durch den Flur huscht. „Ach, ehrenwerter Mann!", möchte der Lorbass dem Pfarrer am liebsten zurufen, aber erstens ist er zu jung, und zweitens würde er womöglich in ein Wespennest stechen und einige Männer mehr als misstrauisch machen.

Leider ist der Vorgänger, der selige Pfarrer Podbielski, schon lange tot. Er führte das Amt zur Zeit Friedrichs des Großen. Der hatte, damit seine Untertanen Deutsch lernten, allen Pfarrern und Lehrern aufgetragen, für den Unterricht und die Predigten nur die deutsche Sprache zu verwenden. Also hub Podbielski an: „Meine liebe Jemeinde, heute wollen wir reden nich vom Walnuss und auch nich vom Haselnuss, sondern vom heilijen Johannus. Was is menschlich Läben? Is sich wie Teerpaudel am Wajen (zum Schmieren der Räder), macht sich schlicker, schlacker, pardauz fällt sich herunter."

Von dieser nicht alltäglichen Art zu predigen wurde dem König berichtet. Der, königlich amüsiert, informierte Podbielski: „Er braucht sich nicht vorzubereiten. Ich werde Ihm am kommenden Sonntag das Thema für seine Predigt auf die Kanzel legen lassen. Mal sehen, was Er daraus macht."

Podbielski fand einen unbeschriebenen Zettel. Ungerührt hob er das weiße Stück Papier auf, zeigte es der Gemeinde und begann: „Liebe Jemeinde. Hier is nuscht und da is nuscht. Aus nuscht hat Jott die Welt jeschaffen."

Zugegeben, so schnell schalten die Hirne der meisten Masuren nicht. Ihre Eloquenz hält sich in Grenzen. Häufig kann man hören: „Na ja, is ja janz nätt,

der Nachbar. Neilich fuhr ich mit ihm in der Eisen-
bahn. Erbarmung! Hat der jeredt. In einem fort."
Dabei hat der Nachbar, auch ein spröder Vertreter
seiner Heimat, sicher nur einen guten Tag gewünscht
und vielleicht noch hinzugefügt, dass die Wetterlage
eine gute Ernte verspräche.

Gibt es Heiligabend noch Gänsebraten, einen Flügel
für den Lorbass, so muss der am ersten Weihnachtstag die Janina satteln, eine eingetragene Trakehnerstute. Er macht sich auf den Weg nach Duneiken,
einem Nachbardorf, um den Festschmaus, frisch ge-
fangene Karpfen, zu holen. Es ist eine gute Stunde
Weges, aber nur im Sommer.
Der Lorbass packt die geschlachteten und geschupp-
ten Fische in die Satteltaschen, vergisst auch nicht
das fest zugedrehte Weckglas mit dem aufgefangenen
Blut, mit Essig vermischt, damit es nicht gerinnt, da
es für die Sauce gebraucht wird. Es soll „Karpfen pol-
nisch" geben. Mit Lebkuchen und dunklem Bier.
Als er alles verpackt hat, sitzt er auf und reitet heim. Es
ist früher Nachmittag. Erst kurz nach vierzehn Uhr,
doch schon reichlich schummrig. Zu allem Überfluss
beginnt es heftig zu stiemen, ein Schneesturm bahnt

sich an. Waagerecht treibt der Wind die Flocken. Tief über den Hals des Pferdes gebeugt, sucht der Lorbass Deckung. Auch Janina mag es nicht, wenn ihr die Flocken in die Augen wehen. Sie schnaubt und beginnt sogar zu steigen.

Der Lorbass beschließt, eine Abkürzung durch den Wald zu nehmen. Doch selbst hier pfeift der Wind. In der Ferne heult ein hungriger Wolf. Janina piaffiert vor Angst. Kein Förster, kein Jäger weit und breit. Selbst die Eichhörnchen haben sich in ihren Kogeln versteckt.

Es wird stockdunkel. Der Lorbass hat die Orientierung verloren. Seiner Berechnung nach müssten sie schon längst den Hohlweg zum Hof erreicht haben. Doch der ist zugeschneit. Der treibende Schnee, die Kälte und aufsteigende Angst machen den Lorbass mut- und kraftlos. Der Kampf mit der bockigen Janina hat ihn zusätzlich erschöpft. Seine Beine kann er nicht mehr spüren. Die Füße scheinen abgestorben zu sein. Er gibt die Zügel frei, legt sich auf den Pferdehals und flüstert: „Bring mich nach Hause."

Der Pferdeinstinkt ist besser als der Verstand des Lorbass. Als er zu sich kommt, steht er auf dem Hof. Niemand lobt ihn. Im Gegenteil. „Ei, warum

kommst so spät? Hast dich wohl rumjetrieben!",
schimpft die Großmutter. Der Großvater kommt
ihm zur Hilfe. „Nu lass man. Dich hätten die Wölfe
jefressen!", rügt er seine Frau.

Nachdem Anni – schweren Herzens ist sie wieder zurückgekommen, hätte lieber noch länger gebetet – seine Beine und Füße mit Schnee abgerie-
ben hat, wird gegessen. Danach wird der Lorbass auf
sein Zimmer geschickt. Auf dem Tisch liegen seine
Weihnachtsgeschenke: ein handgefertigter Ledersat-
tel und ein Tesching, ein Kleinkalibergewehr, mit
maßgeschnitztem Schaft. Er nimmt beide Geschenke mit ins Bett.

Am zweiten Weihnachtstag fahren sie noch einmal
in die Kirche. Großvater hat seiner Frühstücksporti-
on, Rotwein mit Eiern und Zucker, noch eine zweite
Portion hinzugefügt. „Is ja nur einmal Weihnachten
im Jahr." – „Er leuchtet wie ein Weihnachtsbaum",
kichert die Großmutter. In der Kirche ertönt „O
Du fröhliche, o Du selige, gnadenbringende Weih-
nachtszeit". Als die Zeile kommt: „Euch ist ein Kind-
lein heut' geboren von einer Jungfrau auserkoren",
singt der Großvater mit donnernder Stimme „von

einer Jungfrau aus Neukuhrn" (einem Ort auf dem Frischen Haff).

Als am Ende der Weihnachtsmesse wie üblich der Klingelbeutel durch die Bankreihen gereicht wird, tauscht der Lorbass blitzschnell einen abgedrehten Hemdenknopf gegen ein bereits gespendetes Dittchen (zehn Pfennig) aus. „Dem lieben Gott macht es bestimmt nichts aus", denkt er. „Im Himmel braucht man kein Geld."

Auf dem Heimweg wird das Klingeln der Glöckchen am Pferdegeschirr übertönt vom lauten Schnarchen des Großvaters. „Na, sieh man, sieh", schimpft die Großmutter. „Hat der dreibastige Kreet doch wieder heimlich jeschluckt." Sie greift in die Seitentasche von Großvaters Pelz und findet den Flachmann, ein leeres Silberfläschchen. Das Auffüllen vergisst der Großvater nie, wenn er sein Haus verlässt. „Das is des lieben Jottchens Wort auf Flaschen jezojen", hat er dem Lorbass einmal erklärt, als er Cognac nachfüllte.

Kapitel 14

PUBERTÄT UND PRÜGEL

Allmählich werden die Tage wieder länger. Wälder und Wiesen duften wieder. Honiggelbe Dotterblumen, Anemonen, Harz, zartgrünes Gras, warme Erde. Die Schwalben und Störche kehren zurück, bessern ihre Nester aus oder bauen neue.

Der Lorbass schläft kaum noch. Er hört in der Nacht krachendes Eis im See, den Flügelschlag einer Eule, die direkt vor seinem offenen Fenster aufbaumt und von der großen Linde Ausschau nach Mäusen hält. Er hört das Blöken der Schafe im Stall. Die Muttertiere gebären ihre Lämmer. Eine unbekannte Unruhe hat den Jungen erfasst. Er ist unkonzentriert, macht Fehler über Fehler, zu Hause und in der Schule. Der alte Doktor Müller, der immer noch von der Dorfbevölkerung versteckt wird, da dann und wann Männer in langen, grauen Ledermänteln und dunklen Hüten (Nazispitzel) nach Schwentainen kommen, um herumzuschnüffeln, wird vom Großvater zu einem Vieraugengespräch gebeten. „Der Lorbass schaukelt bedenklich", erklärt der Großvater. „Na, was wird sein?" Doktor Müller bleibt gelassen. „Wird er bekommen ein Fuderchen Hormone, ist bald ein Hengstchen. Auch junge Bullen werden blöde in dieser Jahreszeit. Es ist Frühling."

Die Diagnose stimmt. Anni und Mutter, die sich zunehmend wie Kriminalbeamte benehmen, ständig in den Sachen des Lorbass wühlen, Flecken in der Bett- und Unterwäsche entdecken, ihn beschimpfen und schlagen, sind keine Freunde mehr, waren es auch nie. Zu viele Gedanken jagen durch den Kopf des Jungen, finden kein Ziel. Das Ende ist immer ein Kurzschluss. Flaum sprießt auf seiner Oberlippe. Mit der Klinge des Großvaters hat er sich heimlich schon rasiert. Immer häufiger bricht die Stimme. „Der Lorbass ist wieder in eine andere Phase der Pubertät gekommen", seufzt die Mutter. Sie belässt es dabei.

Es wird Zeit, den Lorbass bei seinem Namen zu nennen. Er heißt Sergey. Seine Taufnamen lauten anders, aber diese Namen missfallen dem Großvater derart, dass er allen, die den Hof betreten, verbietet, diese Namen auch nur zu erwähnen. Mutter und Vater sind damit überhaupt nicht einverstanden, aber sie sind nicht Herren des Hofes. Den soll der Lorbass einmal erben. Das ist seit über 600 Jahren ehernes Gesetz in Schwentainen. Dem jungen Sergey ist es gleichgültig.

„Häng deine Triebsal an die Knagge (Garderobe). Lass uns ausreiten und e bissche jabbern (reden)", schlägt der Großvater vor. Doch auch der sandige, weiche Waldboden, der jeden Hufschlag schluckt, die Ruhe zwischen den Bäumen, unterbrochen nur von Vogelstimmen und surrenden Insekten, machen die Zunge nicht frei. Trotzig hat der Junge eine Faust geballt und sie in die Fupp (Hosentasche) gesteckt. Er hält die Zügel in einer Hand.

Am liebsten zieht er mit seinem Grammophon, das man mit einer Kurbel aufziehen muss, in den Reitstall und spielt sich und den Pferden den „Radetzkymarsch" und die „Ambosspolka" vor. Die Tiere mögen Musik.

Der Lorbass ist zwiegespalten. Früh- und spätreif. Eine richtige Kindheit, wohlbehütet, geliebt, in

Wärme gehüllt, kennt er nicht. Bedingt durch den Krieg, werden ihm Aufgaben auferlegt, die für die jungen Schultern zu schwer sind. Die vielen kleinen und großen Verantwortungen, das ständige Kontrollieren lastet schwer. Andererseits drängt es ihn, erwachsen zu sein. Der weise Doktor Müller meint: „Das Jungchen wird vielleicht nie lernen, dass man beim Bauen seines Häuschens nicht mit dem Dach anfängt."

Schon länger lebt er in seiner geheimen, eigenen Welt und vertraut sich keinem an. Das Vertrauen ist, wenn es denn jemals wachsen konnte, zerschlagen worden. Im wahrsten Sinne des Wortes.

In früher Kindheit, der kleine Lorbass hat längst das Laufen gelernt und kann auch recht ordentlich sprechen, nennt er das Rumpelstilzchen „Hampelhumpel" und Rotkäppchen „Eitapptapp". Schon damals kommt es zu Komplikationen mit den Erwachsenen. Weil er unwillig isst, vor allem weder beißen noch kauen mag – selbst auf einem Leibniz-Keks mümmelt er lustlos herum –, bekommt er jeden Mittag vorsorglich eine Tracht Prügel. Bis zu seinem zweiten Lebensjahr verpasst ihm die der Vater, Arzt in Hamburg, der als Erstgeborener auf das Erbe verzichtet hat, weil er Medizin studieren wollte. Er ist bekennender Nationalsozialist. Stolz trägt er das Parteiabzeichen und nimmt auf Burg Vogelsang an vierteljährlichen Schulungen des nationalsozialistischen Kraftfahrzeugkorps teil, versteht viel von Medizin, wenig von Pädagogik. Er zieht wortlos den Riemen aus der Hose, ergreift den Arm des Jungen, zieht ihm die Hose herunter und schlägt zu. Anni, das Kindermädchen, steht an der Zimmerwand, heult und ruft: „Herr Doktor, versündigen Sie sich nicht!"

Bevor das zweite Kind geboren wird, geben die Eltern den Lorbass auf den großelterlichen Hof, den er später erben soll. Der Hof ist ein 800 Morgen großes Gut, zu dem noch ebenso viel Wald und Seen gehören. Da kommt der Junge vom Regen in die Traufe. Auch die Großmutter verteilt Ohrfeigen, Anni, die mitgekommen ist, sowieso, und der Großvater bedient sich des Ochsenziemers, jener Peitsche, deren Inneres aus einem dicken Draht besteht, über den Rindleder fest gewickelt ist.

In der Volksschule gibt es vor dem Krieg einen knurrigen Lehrer, der stets ein Lineal in der Hand hält, mit dessen scharfer Kante er zwischen Kopf und Ohr zielt und trifft. Als er eingezogen wird, kommt Fräulein Tode. Sie benutzt einen Rohrstock und schlägt damit auf die Innenfläche der ausgestreckten Hand. Der Lorbass reibt den Stock zwar öfter mit Zwiebeln ein, dann zersplittert er schnell, aber das bringt nur weitere Strafen ein. Bei den Schlägen darf die Hand nicht zucken.

Da in der Dorfschule Schwentainen vier Grundklassen in einem Raum unterrichtet werden, gibt es auch in den Pausen stets Schlägereien mit älteren Schülern. Zuerst lernen die Jungen mit jungen Hunden zu raufen, dann in der Schule mit Schülern, später auf dem Tanzboden mit Rivalen und noch später im eigenen Heim mit Frau und Kindern. Masuren ist in dieser Hinsicht nie zimperlich. Die Ohnmacht des Geistes wird durch physische Gewalt ersetzt. Um den Sprung aufs Gymnasium zu schaffen, ziehen die Großeltern es vor, den Lorbass für einige Monate in die Stadtschule nach Königsberg zu Mutters Mutter zu schicken.

Großmutter Käthe Steltner ist in zweiter Ehe mit Richard Haubold verheiratet. Ihr erster Mann ist nach der Taufe von Sergey gestorben. Dieser wortkarge, stets wie aus dem Ei gepellte Grandseigneur ist Generalvertreter von Krupp in Ostpreußen und verkauft Lokomotiven und Eisenbahnwaggons. Er fährt einen Horch, ein Luxusautomobil mit acht Zylindern, aber nie schneller als dreißig Stundenkilometer. Sehr zum Leidwesen seiner Frau.

Das Haus in Juditten, einem feinen Vorort von Königsberg, wird von mehreren, meist unsichtbaren Geistern gepflegt. Großmutter Käthe beschäftigt sich lieber mit dem Planen von Reisen. Kurze Wochenendtrips ins Samland, nach Rauschen, wo die Ostsee rauscht. Obligate Besuche in der königlich-preußischen Bernsteinmanufaktur in Palmnicken gehören dazu. Doch am liebsten sind ihr Schiffsreisen. Mit der „Cap Arcona" nach Südamerika und immer wieder Sizilien, nach Taormina.

Ihr erster Ehemann war praktischer Arzt aus Allenstein und passionierter Segler. Er war Mitglied im Königsberger Segelclub „Re", besaß eine Regattataugliche Yacht, genannt „Woge", und schipperte in jeder freien Minute mit Freunden mal nach Riga, einmal im Jahr sogar bis nach Kiel oder Bornholm. Sein Vorschotmann war Erni Meier, später Generaldirektor der Allianz-Versicherung in München. Er lernt vom Großvater Steltner vor allem das Saufen. Bei jeder Rückkehr in den Hafen von Königsberg heißt es: „Solange der Prejel ans Bollwerk stoßt, Prost!" Dann ziehen sie ins „Blutgericht", eine Kneipe im Rathaus, und trinken „Türkenblut": Rotwein mit „Schampus". Danach ruft der Großvater Erni Meiers besorgte Mutter an und sagt: „Jnädige Frau, beunruhijen Sie sich nicht. Jäzt saufen wir weiter und jehn dann in den Puff." Auf diesen Vorfahr ist der Lorbass stolz.

Die Königsberger Großeltern interessieren sich für den Lorbass so gut wie gar nicht. Der Junge ist es zufrieden. Ihm reichen die Demütigungen in der Schule. In seiner Klasse steht die vorderste Bank leer. Bockige Schüler müssen die Hosen herunterlassen, sich über die Bank legen und bekommen den Rohrstock zu spüren. Da Sergey vorlaut ist, schwellen die Striemen auf seinem Hinterteil nicht ab. Er ist das Lieblingsopfer des sadistischen Lehrers, der zu alt ist, um eingezogen zu werden.

Nach dem Abendessen müssen der Lorbass, sein Stiefgroßvater und häufige Gäste im Musikzimmer

Platz nehmen. Großmutter Käthe setzt sich an den Flügel, ein schwarzes Monstrum von Steinway, und spielt ohne Noten Sonaten und Suiten von Beethoven, Mozart und Chopin. Der Lorbass lauscht nicht immer hingebungsvoll.

Gelangweilt gräbt er in einer Sessel- oder Sofalehne herum und wird jedesmal fündig. Triumphierend schwenkt er einen Büstenhalter, meistens rosa, oder einen Slip, meistens schwarz, und zerknüllte Taschentücher, immer weiß, bis er ins Bett geschickt wird, nicht ohne „Mutzköpfe" (Ohrfeigen) kassiert zu haben. Er rächt sich an den folgenden Tagen mit wütenden Tritten gegen den Kopf eines auf dem Boden liegenden, ausgestopften Tigers mit plattem, gegerbten Fell und zermürbt nach und nach dessen Innenleben. Nur den Elefantenfuß, der als Papierkorb dient, lässt er in Frieden. Mit den pieksenden Stacheln hat er schlimme Erfahrungen gemacht.

Auch schlechte Zeiten haben etwas Gutes – selbst sie vergehen. So fließen auch die Königsberger Monate dahin, wobei die Anforderungen in der Schule den Lorbass zu mehrstündiger, täglicher Hausarbeit zwingen. So viel gebüffelt hat er noch nie. Immerhin, er hat Erfolg und wird zur Prüfung am Gymnasium in Treuburg zugelassen.

Da die Königsberger Großeltern den Enkel nicht angemeldet haben und niemand herumschnüffelt, bleibt ihm zum Glück der Dienst im Jungvolk erspart.

Kapitel 15

LIEBES- UND ANDERE QUALEN

Nach der Rückkehr nach Schwentainen kommt die Aufnahmeprüfung für das Treuburger Gymnasium. Mutter steckt dem Lorbass einen gefalteten Feldpostbrief vom Vater und ein Foto von ihm in die linke Brusttasche seines Prüfungsanzuges – über dem Herzen – und mahnt mit erhobenem Zeigefinger: „Mach uns keine Schande!" Die bleibt ihr erspart.

Der Direktor der neuen Erziehungsanstalt wird nur „Kruschke" genannt, weil er seine rechte Hand stets zur Faust ballt, den Daumen abgewinkelt gegen den Zeigefinger presst und mit dem herausragenden Knöchel den Schülern sehr schmerzhafte, ruckartig durchgeführte „Kruschkes" (Tannenzapfen) verteilt – das sind Bewegungen der Faust wider den Haarstrich am Hinterkopf.

„Kruschke" sagt man nach, bestechlich zu sein. Angeblich, so weiß zum Beispiel ein Klassenkamerad, der Fritz Kahl, zu erzählen, bringt seine Mutter dem Lehrer jede Woche einen „Fresskorb", gefüllt mit Schinken, Würsten und Eiern. Kein Wunder also, dass ihr Sohn immer gute Noten erhält.

Eigentlich ist es ein Wunder, dass der Lorbass nicht stottert, auch kein Bett nässt. Dafür wird er ernster und zunehmend verschlossener. Auch der Krieg, von dem in Masuren immer noch nichts zu hören ist, der aber langsam mit bedrohlichen Nachrichten aus dem Volksempfänger und Todesanzeigen von Gefallenen in der Zeitung näher rückt, trägt nicht dazu bei, fröhlich zu sein.
Auf dem Friedhof in Treuburg und Schwentainen mehren sich die Grabsteine. Der Junge schätzt vor allem einen Stein, auf dem zwei Hände als Relief herausgemeißelt sind, die aus zwei Richtungen kommend, übereinander gelegt sind.

Der Lorbass bastelt an seiner eigenen Welt. Er ist inzwischen sehr gewachsen, größer als alle anderen Schüler und Pimpfe seines Alters, blond, blauäugig, schlank, schlaksig, ein gefundenes Fressen für die Herren mit den gezackten Blitzen auf den Uniformlitzen. Die wollen ihn unbedingt auf die Napola schicken, eine Brutstätte für Führeranhimmler und arische Deckhengste. „Kannst mal Gouverneur werden, in der Ukraine, nach dem Krieg", meint Tante Trudchen. „Besser, er wird Pfarrer, der Lorbass. Kann so schön die Weihnachtsgeschichte und Gedichte aufsagen", sagt Großmutter Lina. Wenn sie will, kann sie astreines Hochdeutsch sprechen. „Am besten, ihr lasst ihn in Ruhe", gibt Doktor Müller zu bedenken. Er bekniet den Großvater, seine Verbindungen spielen zu lassen, damit der Lorbass nicht in das Naziinternat einrücken muss. Die Argumente, Vater im Krieg, Einarbeitung auf den Erbhof, führen zum Erfolg. Der Lorbass darf in Schwentainen bleiben.

Das Leben ist für den Jungen sehr schwer. Da er viel liest, viel fragt, viele Antworten verdauen muss, die ihm die Bücher geben, kommt er sich bisweilen wie Sisyphus vor, der schwere Lasten auf einen Berg schleppen muss, wobei ihm nie ein Erfolg beschieden ist, da die Last kurz vor Erreichen des Gipfels von der Schulter rutscht. Außerdem würde er gern schon von den Frauen begehrt werden.

Von Doktor Müller bekommt er das Buch „Tonio Kröger" von Thomas Mann zu lesen. Sein Lieblingssatz ist: „Damals lebte sein Herz. Sehnsucht war darin und schwermütiger Neid und ein klein wenig Verachtung und eine ganz keusche Seligkeit."

Mutter ist zutiefst beleidigt. Sie hat ihren Willen nicht durchsetzen können. Sie hätte ihren Sohn zu gern auf der Napola gesehen. Als Vater, verwundet, für einige Wochen auf den Hof kommt, versucht sie, ihn gegen die Großeltern aufzuhetzen. „Nur über meine Leiche", ist Großvaters Kommentar.

Die Verwundung besteht aus einer starken Verbrennung am Arm. Genau zwischen Unter- und Oberarm liegen die Knochen blank. Der Vater hat im Lazarett vor Sankt Petersburg bei einem Artillerieangriff, als eine Granate auf den Bunker fiel und ein heißes Ofenrohr auf den Patienten zu fallen drohte, den er gerade versorgte, schnell seinen Arm dazwischengehalten. Nun hat er Heimaturlaub, trägt an der Uniform das Eiserne Kreuz erster Klasse, doch häufig auch Zivil. Sein Parteiabzeichen muss er vom Revers entfernen. „Nicht auf meinem Hof!", entscheidet der Großvater. Auch den plagen zunehmend Sorgen. Er betrinkt sich in den folgenden Wochen beinahe täglich. Seine Welt zerfällt in Scherben. Sein Wort ist nicht länger Gesetz. Er war es gewohnt, dass seine Kinder ihm die Hand küssten, wenn sie nach den Semesterferien wieder zur Universität fuhren, einen satten Scheck in der Tasche. Und kein Knecht hält mehr vor ihm seine Hände zu einer Stufe gefaltet, wenn er aufs Pferd steigen will.

Sergeys Probleme wachsen ihm über den Kopf. Einerseits liebt er Helden, liest sämtliche 73 Karl-May-Bände, auch Sagen, Siegfried, Abenteuer, Heldentaten aus vergangenen Kriegen, Sven Hedin, Amundsen, Marco Polo. Dabei verabscheut er Gewalt, kann nicht begreifen, warum die Mächtigen ihre Position mit Schlägen und Intrigen verteidigen. Er mag seine Pimpfe nicht mehr kommandieren. Wenn er seine Jungenschaft versammelt, hat er Pferde organisiert und veranstaltet Kriegsspiele im Galopp. Die Jungen sind Hunnen und Hannibal, Ziethen aus dem Busch und Totenkopfhusare.
Richtiggehend fasziniert ist er von dem Buch „Amineh", geschrieben von dem in Indien abenteuern-

den Grafen Lehnhardt. Er hat den Roman im Arbeitszimmer des Großvaters entdeckt, ganz hinten im Bücherbord, verdeckt von harmlosen Familiengeschichten wie die „Barrings" und „Der Enkel" und einigen Werken von Sudermann und Ernst Wiechert. Amineh wird als verführerische Frau dargestellt, mit der der Autor recht frivole Liebesspiele treibt.

Der Lorbass verschlingt das Buch mehrmals hintereinander, abends, wenn er kein Licht mehr anknipsen darf, sondern unter der Bettdecke seine Taschenlampe benutzen muss, ein mit einem Dynamo ausgerüstetes Gerät, das er ständig bis zum Krampf in der Hand drücken muss, damit die Birne leuchtet.

„Amineh" hat sein bisheriges Lieblingsbuch „Meines Vaters Pferde", in dem der Freiherr von Langen auf seinem Hanko große Preise gewinnt, bis er bei einer Militaryprüfung zu Tode stürzt, auf den zweiten Platz verdrängt.

So geliebt zu werden wie der Autor, dem seine Amineh nach einer Liebesnacht Rosenblütenblätter auf die Bettdecke streut, löst bei dem Lorbass tiefe Seufzer und eine so große Sehnsucht aus, dass er meint, sein Herz müsse zerspringen.

Kapitel 16

MUTPROBEN ZUR PFINGSTZEIT

Pfingsten, das bei Goethe so fröhliche Fest, ist gekommen. Für Großvater ist es „die heilije Dreibastigkeit" Mit der Kirche steht der Großvater zwar nicht auf dem Kriegsfuß, befindet sich aber in einer „Waffenstillstandsposition". „Ich bin wie Bismarck ein Kammerchrist", bekundet er. „Am liebsten pinkel und bete ich unter freiem Himmel."

Zur Zeit der ersten Heuernte kommt unerwartet Abwechslung auf den Hof. Doch nun, da der Frühling erwachsen ist, findet erst einmal ein bemerkenswertes Ereignis statt.

In der langen Allee hinter dem Hof, hinter dem Blumen-, dem Bienen- und Gemüsegarten, säumen beidseitig junge Linden den romantischen Weg, an dessen Enden jeweils eine weiße Holzbank zum Nachdenken anregt. Es ist ein Lieblingsplatz des jungen Sergey, ruhig, idyllisch, von Nachtigallen, Eulen und Eichhörnchen bewohnt. Der Lorbass hat die Bäume wiederholt und lange beobachtet. Jetzt scheinen sie groß und stark genug zu sein, damit er eine knifflige Aufgabe erfüllen kann. Eine Mutprobe bestehen.

Gelang es ihm im letzten Winter an der Bretterwand in der Feldscheune bis zu den schrägen Tragebalken unter dem Dach hochzuklettern – der Aufstieg kam Dutzenden von Klimmzügen an den Fingerkuppen gleich – um sich aus einer Höhe von gut zwölf Metern mit einem Salto ins Stroh zu stürzen, so will er jetzt die gesamte Lindenallee von Baum zu Baum, vor und zurück, bewältigen, ohne abzusteigen. Eine tarzanwürdige Leistung, ohne Jane, ohne Zuschauer. Der Aufstieg auf den ersten Baum ist kein Problem. Auch das Hinüberschwingen zu den nächsten Bäumen bereitet keine Schwierigkeiten, da sie nahe beieinander stehen. Doch die Abstände zwischen den Linden werden größer. Der Lorbass muss weit, auf immer dünner werdenden Ästen, bäuchlings vorwärts robben, einen Ast des nächstgelegenen Baumes ergreifen und hoffen, dass der ihn trägt. Oder er schwingt sich von einer Baumkrone zum nächsten Wipfel, turnt wie ein Affe. Es kommt, wie es kommen muss. Zu sicher geworden, weil bislang alles gut ging, nimmt das Risiko im gleichen Maß zu, wie die Vorsicht abnimmt. Während er kopfunter in den Kniekehlen an einem Ast hängt und heftig schwingt, um einen Ast vom Nachbarbaum zu ergreifen, bricht das Holz am Stamm, und der Lorbass stürzt in einen schmalen, schlammigen Bach, der unter den Linden entlangfließt. Das Wasser ist nur wenige Zentimeter hoch, der Morast darunter weich und tief.

Junge Menschen haben Katzenknochen. Er verletzt sich nicht, aber es dauert geraume Zeit, bis er sich aus dem schwarzen, stinkenden Schlamm befreien kann. Schnell läuft er nach Hause. Er stellt sich in der Badewanne unter die Dusche, braucht lange, um sich und seine Kleidung zu säubern. Plötzlich steht Großmutter Lina im Badezimmer und zetert: „Ei, du Kreet, hast den Täppich im Flur und auf der Träppe versaut!"
Stubenarrest ist die Folge. Gepetzt hat die Großmutter aber nicht, dem Lorbass sogar noch „ein Schälchen Heißen" (Kaffee), gebracht.

Kapitel 17

EINQUARTIERUNG

Endlich kommt der Tag, den der Lorbass herbeigesehnt hat. Eine Division Infanterie kommt als Einquartierung nach Schwentainen. Sie wird aus der Champagne in Frankreich nach Osten verlegt, soll Löcher in der Verteidigungslinie stopfen. Motorräder knattern. Ketten von Panzerspähwagen rasseln über das Kopfsteinpflaster. Die Tiere finden keine Ruhe mehr. Entweder geht es ihnen an den Kragen, sie werden gestohlen und geschlachtet, oder das Lärmen der Soldaten bringt sie um den Schlaf. Die Männer im Dorf, es sind nur noch alte und sehr junge, werden von Tag zu Tag missgelaunter. Die Frauen und Mädchen hingegen blühen auf. Sie tragen auch alltags ihre Sonntagskleider. Schöne Augen werden ihnen gemacht, Komplimente. Sie sind meistens gelogen, nur zum Zweck des Erfolges eingesetzt. „Umlegen" haben die Soldaten im Kopf. Nichts anderes. Doch es gibt auch Ausnahmen.

Anni hat den Gefreiten Willi kennen und sehr schnell lieben gelernt. Sie wird nach dem Krieg mit ihm in seinem Heimatdorf Waldorf bei Bonn ein Anstreicherunternehmen gründen, heiraten und drei schielende Mädchen zur Welt bringen. Ihrem Mann teilt sie am Wochenende nur so viel Taschengeld zu, dass es ausreicht, um drei Bier in der Kneipe zu trinken. Karneval ist eine Ausnahme. Während die Männer trinken, geht Anni so lange zum Beten. Endlich wieder katholische Gottesdienste. Die hat sie in Schwentainen schmerzlich vermisst.

Mutter ist nach Treuburg gefahren und hat sich eine neue Wasserwelle legen lassen. Ein eigenartiges Lächeln umspielt ihre sonst stets zusammengekniffenen Lippen. Mutter ist eine schöne, blonde, sehr stolze, auch etwas hochmütige Frau, die in ihrem Leben wohl nur kurz nach der Hochzeit Frieden fand. In Schwentainen hat sie, das Stadtkind, sich nie wohl gefühlt.

Doch jetzt wird sie hofiert. Die Herren „Offissiere", wie Großmutter sie nennt, die auf dem Hof einquartiert wurden, sind äußerst charmant, benutzen mit Vorliebe französische Wortbrocken, die sie in Frankreich aufgegabelt haben. Es ist müßig, sich darüber Gedanken zu machen, wer wohl ihre Lehrmeister waren.

Mutter, die normalerweise bald nach dem Abendbrot auf ihr Zimmer geht, außer, wenn sie als „vierter Mann" beim Doppelkopf einspringen muss, sitzt noch weit nach Sonnenuntergang mit einigen Zigarre rauchenden, Wein trinkenden Offizieren im Seegarten und lächelt fein. Eine Veränderung ihrer Gesichtsfarbe kann der Lorbass, der sie heimlich mit seinem Nachtglas, dem einzigen auf dem Hof, von seinem Zimmer aus beobachtet, nicht erkennen. Dafür ist es zu dunkel.

Um die Soldaten zu beschäftigen, werden Manöverspiele angeordnet, die sich von den Kriegsspielen der Dorfjugend nur dadurch unterscheiden, dass jeder Soldat ein Gewehr hat und mit Platzpatronen schießt. Dem Lorbass ist die Einquartierung schon bald nicht mehr recht, besonders deswegen, weil der Kommandeur und einige rangniedere Offiziere wie Gockel im Liebeswahn balzen. Um die Mutter zu schützen, verrät er die Stellung des Kommandeurs beim Manöver an die Gegenpartei, die ihn in einem gelungenen Gegenangriff festnehmen kann. Die anderen Offiziere führt er in der Nacht, als alle beschwipst sind, in die Jauchegrube. Das „Parfum" tragen sie noch lange auf der Haut.

Mit der Jauchegrube hat der Lorbass auch schon Bekanntschaft gemacht. Nachdem Hans, ein kräftiger Hengst, kastriert worden ist, muss der Lorbass ihn auf dem Hof bewegen. Fast im Spagat sitzt er auf dem mächtigen Tier. In der Nähe der Jauchegrube fliegen Spatzen auf. Der Hengst, jetzt Wallach, erschrickt und steigt auf die Hinterhand. Der Lorbass fliegt im hohen Bogen in die Jauche.

Bevor die Truppe abrückt, hat der Lorbass dem Adjutanten noch schnell den Offiziersdolch gestohlen. Er empfindet eine außerordentliche Genugtuung dabei. Heimlich schreibt er dem Vater einen Feldpostbrief, in dem er versichert, dass alle Schwentainer weiterhin in Ordnung sind. Wie immer, unterzeichnet er: „Dein Dich liebender Sohn". Das ist – wie stets – gelogen.

Vater ist für ihn ein Fremder. Anders als die blonde Mutter, deren Temperament eher einem Kühlschrank gleicht, ist Vater schwarzhaarig, dunkeläugig, groß und muskulös, mit Lippen, die schmal sind wie ein Strich. „Hab ich vergessen, mich zu melden, als sie verteilt wurden", erklärt er ironisch.

Seine Vorfahren kamen mit den Ordensrittern aus dem Herzogtum Foix et Béarn in Südfrankreich. Da sie Zweit- und Drittsöhne waren, keinen Hof erben konnten, schlossen sie sich dem Orden an, um Land zu erwerben. Der Osten sollte im 12. Jahrhundert christianisiert werden. Ein Vorwand, um rechtmäßige Eigentümer zu stehlen, nachdem die vertrieben worden waren. Doch Geschichte rächt sich.

Der Vater ist ein Sohn, der seinen Vater stets mit Stolz erfüllt. Im Gegensatz zum Lorbass gehorcht er, erledigt alles, was man ihm befiehlt oder anbietet, mit Bravour. Während seines Medizinstudiums in Königsberg wird er im Corps Masovia sogar Erstchargierter. In der NSKK, dem Nationalsozialistischen Kraftfahrzeugkorps, bekleidet er einen hohen Rang. Als Soldat wird er Stabsarzt, was dem Rang eines Hauptmanns entspricht. Genützt hat ihm sein „Fähnchen in den Wind halten" schon. Er macht weiterhin Karriere, auch nach dem Krieg, als er nur eine Zeitlang suspendiert wird, nicht arbeiten darf.

Seine Konten sind gesperrt, übel gelaunt sitzt er auf dem Balkon einer Mietwohnung in Hamburg und raucht Teeblätter.

Doch schon nach wenigen Monaten wird er, dank der Fürsprache einiger Freunde aus vergangener Zeit, zum Chefarzt im Krankenhaus „Tabea" in Blankenese, einem feinen Hamburger Vorort berufen.

Kapitel 18

DAS ATTENTAT UND EINE
ABGEBROCHENE FLUCHT

Das Summen der fleißigen Bienen wird leiser. Die Wolken türmen sich höher auf als gewohnt. Der Herbst ist kurz, der Winter lang. Väterchen Frost ist hungrig. Er findet im Kriegsjahr 1943 reichlich Opfer. Viele an der Front, einige in der Heimat. Wegen der unzureichenden Ernährung in den Städten, auch in Treuburg, erkranken viele Menschen an Typhus und Ruhr.

In Schwentainen werden vor allem Kinder häufiger krank als gewöhnlich. Doktor Müller eilt nachts von Haus zu Haus, verordnet Hals- und Wadenwickel, heiße Milch mit Honig und eingemachtes Obst.

Der Lorbass hat sich in der Schule eine Gelbsucht eingefangen. Die tut nicht weh, kommt ihm sogar gelegen. Er muss das Bett hüten, kann lesen und träumen. „Die Krankheit schickt ihm das liebe Jottchen", meint Doktor Müller. „Sein Seelchen scheint wieder ins Jleichjewicht zu kommen." Auch die Erkältung, die ihm einige Wochen zusetzte, geht vorbei. Schnell tauen im Frühjahr Schnee und Eis. Beim üblichen „Tanz auf den Schollen" holen sich die Jungen zwar noch einmal einen Schnupfen, aber je länger die Sonne wieder am Himmel steht, desto eher werden sie gesund. Dafür rückt der Krieg bedrohlich näher. Über Masuren fliegen hin und wieder Stukas, die gefürchteten Sturzkampfbomber.

Großvater hört, so oft es geht, die Nachrichten im Radio. Mit Doktor Müller zusammen lauscht er auch dem Sender BBC-London. Der Doktor beherrscht die englische Sprache. „Jetzt werden sie bestraft, die Nazis", nickt er.

„Es ist besser, ihr fahrt ins Reich", sagt der Großvater. Er schickt Mutter und Anni mit dem Kutscher und einigen prall gepackten Koffern nach Gumbinnen, um dort den Fernzug in Richtung Hamburg zu nehmen. Der Lorbass fährt zur Begleitung bis nach Gumbinnen mit. Als Pimpf muss er in Masuren bleiben, unterliegt den Weisungen des Gauleiters Koch. Der gibt die Devise aus: „Kein Ostpreuße verlässt seinen Boden."

In gemächlichem Tempo rollt die Kutsche in Richtung Gumbinnen. Es ist der 20. Juli 1944. Ein klarer Sonnentag. Plötzlich erfüllt ein tiefes Brummen den Himmel. Mehrere Wellen von Stukas, Ju 87 und Messerschmitt-Jagdflugzeugen ziehen über ihre Köpfe. Die Tiere in den Wäldern der Rominter Heide verziehen sich ins Dickicht.

Niemand ahnt, dass in Deutschland ein Kessel zu platzen droht. Soeben hat ein Attentat auf den Führer stattgefunden. Der schwer verwundete Oberst Stauffenberg hat im Führerhauptquartier eine Zeitzünderbombe unter den Tisch gestellt, die er, trotz aller Kontrollen an der Wolfsschanze, in seiner Aktentasche verstecken konnte.

Die Wolfsschanze liegt nur wenige Kilometer von den ahnungslosen Kutscheninsassen entfernt. Doch als sie in Gumbinnen ankommen, gleicht der Betrieb auf dem Bahnhof einem schwärmenden Bienenvolk. Alle rennen und schreien durcheinander. Ständig müssen Mutter, der Junge und Anni ihre Ausweise vorzeigen. Die Papiere des Lorbass sind jedoch in Ordnung. „Bei dir ist wohl das Gleiche passiert wie bei den Sauriern. Großer Körper, kleines Hirn", meint der Wachposten. Der Lorbass lässt sich durch diese Bemerkung nicht provozieren. Ein Feldwebel traut den Angaben der Mutter trotzdem nicht und lässt den Lorbass zum wachhabenden Offizier führen. Sogar seine Hosentaschen werden gefilzt. Seine Flittsche wird beschlagnahmt. „Auf den Führer wurde ein Attentat verübt", werden sie informiert. Einige Stunden lang heißt es: „Der Führer ist tot!"

Doch gegen Abend ertönt aus den Lautsprechern auf dem Bahnhof die Stimme Adolf Hitlers. Die „Vorsehung" hat ihn wieder einmal gerettet. Danach erfolgt noch eine Durchsage des Oberkommandos der Wehrmacht. Der Vormarsch der Russen ist gestoppt. Es besteht keine Gefahr für Masuren. Die Wahrheit sieht allerdings anders aus. Doch Wahrheiten interessieren Hoffende nicht.

„Fahr'n wir nach Hause", entscheidet Mutter. Der Kutscher („hab ich doch jeahnt") hat auf den Lorbass gewartet.

In der Nacht kehren sie nach Schwentainen zurück. Alle sind überglücklich, wieder im eigenen Bett schlafen zu dürfen. Zur Begrüßung bereiten die Großeltern „Pillkaller" vor, Cognac mit Leberwurst-

scheiben, hausgemacht. Der Lorbass leert drei Gläser, zwei sind gar nicht für ihn bestimmt. Alle sind
angeheitert. Die berühmten Pillkaller Ballgespräche
werden zitiert:

„Freileinche, möjen se Shakespeare?" – "Nei, dankscheen, ich trink nur Ponarter Helles (ein Bier)."

„Freileinche, tanzen se Jäzz? – „Nei, dankscheen,
später."

„Freileinche, ässen se jerne Ärbsen?" – „Nei, die kul-
lern so leicht vons Mässer."

Kapitel 19

EINE SCHWERE GEBURT

„Jaja", seufzt Doktor Müller, der jetzt ein Zimmer auf dem Speicher eingeräumt bekommen hat. „Wo sich endet der Kultur, da beginnt sich der Masur."

Vor wenigen Tagen wäre beinahe eine Bombe mit verheerender Wirkung explodiert. Tante Trudchen ist wieder einmal zu Besuch gekommen und hat, „wejen der abjehauenen Russen", die aus der Gefangenschaft geflohen sind und sich nun in den Wäldern verstecken, als Beschützer ihren Mann, Paul Pzytulla, mitgebracht. Der ist ein hoher Parteifunktionär und wurde nicht zum Militär eingezogen.

Onkel Paul sieht aus wie ein eingebildetes Hähnchen, trägt stets braune Anzüge, auf dem Revers das Goldene Parteiabzeichen, das er in Schwentainen aber ablegen muss. Er unterstreicht seine Gesinnung mit einem kleinen Schnurrbart, abgekupfert von einem Führerbild. Dazu einen Kneifer wie Himmler.

Nach dem Krieg landet er mit Frau und zwei Kindern in Fallingbostel bei Soltau in der Lüneburger Heide, ohne Bart, in grauem Anzug, mit Brille und neuem Namen. Fortan heißt er Bergmann.

Der Begrüßungsabend auf dem Schwentainer Hof verläuft feuchtfröhlich. Alle sind beschwipst. Da taucht unerwartet Doktor Müller auf. Niemand hat ihn gewarnt. Als der Arzt Paul Pzytulla sieht, wird er kreidebleich. Der Nazionkel versteht sehr schnell, wer da versteckt wird. Er eilt zum Telefon, will bei der Polizei Anzeige erstatten. Doch Großvater ist schneller. Er nimmt dem Schwiegersohn den Hörer aus der Hand und sagt:

„Ein Wort von dir, und ich erschieß dich, verstanden?" Ohne Antwort verlässt der Schwiegersohn mit seiner Frau den Hof, verlässt auch die Familie. Ein weiteres Mitglied hat sich ausgeklinkt. Glücklicherweise, wohl Tante Trudchen zuliebe, verzichtet er auf eine Anzeige.

Der Lorbass geht nicht mehr ins Bett. Er nimmt seine Decken und schleicht in den Reitstall. In der Box von Janina, der wertvollen Trakehnerstute, legt er sich ins Stroh. Beide, Pferd und Junge, freuen sich über das Wiedersehen. Bei Pferden wird der Lorbass weich. Wenn sich so ein großer Pferdekopf vertrauensvoll auf seine Schulter legt, die Ohren nach vorn gestellt, und warmer Atem durch die Nüstern in seine zu einer Schale zusammengelegten Hände schnaubt, fallen ihm etliche Zitate ein, die ihm der Großvater im Laufe der Jahre beigebracht hat:

„In der Öffnung der Pferdeaugen lebt das Bedürfnis nach Reflexen einer anderen Welt, als wir Menschen sie verstehen, wenn wir über Ebenen gehen. In ihren Nüstern atmet ein unaufhörlicher Wind der Weite, den sie, auf ihren Koppeln erstarrt stehend, in sich einziehen." [Rudolf Binding]

„Nichts habe ich erschaffen, das mir teurer wäre als der Mensch und das Pferd." [Aus dem Koran]

„Auch zwischen Reiter und Pferd gibt es keine Liebe ohne Achtung." [Graf von Norman]

„Das höchste Glück der Erde liegt auf dem Rücken der Pferde, in der Gesundheit des Leibes und am Herzen des Weibes." [Friedrich von Bodenstedt]

Mit vier Jahren wurde der Lorbass auf ein ungesatteltes Pferd gesetzt. Seine nackten Beine fühlten das warme Fell. Zu den täglichen Übungen bei der morgendlichen Reitstunde gehörte auch, dass der Lorbass sich auf den Pferderücken legen musste, dann auf den Hals, um ein Gefühl für den Rhythmus des Vierbeiners zu bekommen. Die schwierigste Übung bestand darin, mit hängenden Zügeln und zwei unter die Arme geklemmten Büchern über ein Hindernis zu springen und dabei seinen Namen in einen Notizblock zu schreiben. Da ist der Lorbass schon zehn Jahre alt. Großmutters stereotype Mahnung: „Fall nicht in den Schnee!"

Janina ist jetzt hochschwanger, trächtig. Fortan kommt der Lorbass jeden Abend mit seiner Bettdecke und legt sich in die Box. Der Großvater erteilt die Erlaubnis: „Einer muss jätzt Nachtwache halten." Eines frühen Morgens wacht der Lorbass auf und ist allein. Die Stute ist verschwunden, hat – ein Wunder – den Riegel der Boxentür zurückgeschoben und ist aus dem Stall getürmt. Der Lorbass weckt sofort den Großvater. Gemeinsam suchen sie den Hof, die Scheunen, Ställe und umliegenden Felder ab. Unter einer Rotbuche steht Janina. Sie beugt sich über ihr Fohlen und leckt die dünne Haut der Fruchtblase vom nassen Fell.

„Bist 'ne dämliche Zieje", brummt der Großvater, „aber 'ne jute Mutter." Janina steht hoch im Blut. „Hat ein Vermöjen jekostet, aber se wird dich bei Turnieren zum Sieg reiten."

Dieses Pferd, das hat sich der Lorbass fest vorgenommen, wird er nicht nur in der Dressur reiten, sondern auch zu einem Springpferd ausbilden. Mit einer Mohrrübe in der Hand lässt er fortan auf dem ausgebesserten Dressurviereck die Stute hinter sich herlaufen. Auf dem Hufschlag hat er im Abstand von einer Pferdelänge, ungefähr drei Metern, Cavaletti (Holzstangen), gelegt. Zuerst flach auf den Boden, später etwa dreißig Zentimeter hoch auf seitlich an den Stangen angebrachten Böcken. Wenn Janina brav bei jeder Stange die Beine hebt und, ohne sie zu berühren, darüber trabt, nicht springt, bekommt sie ihren Lohn und viel Lob. Das hätte der Lorbass auch gern gehabt, denn er macht dem Pferd jede Übung vor.

Allmählich wird Janina so gut und sicher, dass der Lorbass sie nur noch an der Longe, einer langen

Leine, von der Mitte des Dressurvierecks dirigieren muss. Als das gutmütige und begabte Tier auch diese Lektion perfekt beherrscht, stellt der Lorbass kleine Hindernisse auf. Einfache oder doppelte Stangen, Oxer, eine Triple-Barre, ein altes Gatter aus dem Gemüsegarten, Kisten und übereinander getürmte Kästen. Jeden Sprung macht der Lorbass seinem Pferd vor. Das staunt nicht schlecht. Bald aber kann er seinem Pferd nichts mehr vormachen. Er schafft die nunmehr beachtlichen Höhen und Weiten nicht mehr. Lässig und leicht überspringt Janina sogar Höhen bis zu einem Meter siebzig.

Auf dem Hof hat die eigenwillige Sprunglehre bei allen Beschäftigten die Runde gemacht. Der Großvater ist bei fast allen Übungen Stammgast. Da er mit seinem Enkel – endlich einmal – zufrieden ist, fährt er mit ihm und Janina nach Trakehnen zu einem kleinen Turnier. Der Lorbass dankt es dem Großvater mit einem ersten Platz im Geländeritt und einem zweiten Platz im M-Springen, mittelschwer. „Mecht was werden aus ihm als Reiter", nickt sogar Großmutter Lina, die Frau mit dem großen Pferdeverstand. Karrieren lassen sich selten exakt voraussagen. Das Schicksal geht unvorhersehbare Wege. Willig lässt sich Janina, nachdem sie das Fohlen geboren hat, in ihre Stallbox zurückführen. Das Füllen springt immer an ihrer Seite. Ohne Zicken zu machen, lässt Janina sich jeden Tag reiten. Auch komplizierte Dressuraufgaben erfüllt sie mit Fleiß. Traversalen, Galoppwechsel zu zwei und drei Tempi, Pirouetten auf der Hinterhand.

Auch ohne Schule, die ist wegen der näher rückenden Front geschlossen, aber mit Hausaufgaben vom Großvater und Doktor Müller, verrinnt die Zeit rasch. In der knappen Freizeit liest der Lorbass alles, was ihm unter die Augen kommt. Von Doktor Müller bekommt er die Klassiker der Weltliteratur geliehen: Shakespeare, Balzac, Rimbaud, Goethe, Schiller, Kleist, Lessing und Heinrich Heine. „Gutes Deitsch wird heit nur noch in Österreich jeschrieben. Rilke, Karl Kraus, Hoffmannstal, Grillparzer", wird der Lorbass belehrt. „Der liest nich, der frisst die Biecher", schmunzelt der Großvater. Großmutter Lina ist besorgt. „Er wird sich noch die Guckchen verdärben." Ihre und aller Menschen Sorgen werden schon in kurzer Zeit ins Unerträgliche wachsen.

Kapitel 20

DIE FLUCHT

Der Winter kommt mit beinharter Kälte. Die Menschen können gar nicht so schnell „schubbern" (zittern), wie sie frieren. Der Lorbass ist jetzt häufig in der Küche zu finden. Wegen der Wärme, aber auch wegen der Küchenmädchen. Langsam verliert er seine Schüchternheit. Abends schleicht er sich an ihre Kammertüren, sieht durchs Schlüsselloch und ist nicht nur freudig erregt, wenn er sie nackt vor der Waschschüssel erblickt. Einmal wagt er weiter vorzurücken und drückt eine Türklinke nieder. Doch kaum erblickt ihn die rotblonde Mascha, auch ihre Schamhaare sind lockig und rot, da fliegt ihm eine Wasserkanne an die Brust. „Du Kreet, verschwinde!" Mascha ist mit dem Sohn des Schweizers, dem Herrn der Kühe, verlobt. Sie ist die Tochter eines Hirten und möchte ihre Position, in die sie aufgestiegen ist, nicht verlieren. „Obwohl", denkt der Lorbass, „mit mir wäre sie noch höher geklettert."

Nicht nur die Schneemassen, auch die Russen rücken nach Weihnachten, einem in diesem Jahr sehr besinnlichen Fest, weiter vor. Nachts sind Blitze am Himmel zu sehen. Artilleriefeuer. Jeden Tag ziehen Trecks vorbei, Schlitten, Karossen, Kasten- und Leiterwagen. Über Holzgestelle, die auf die Gefährte montiert wurden, sind Teppiche gelegt. Manchmal auch nur leere Säcke. Alle Wagen sind bepackt wie Möbellaster.

Der Landrat ruft den Großvater an: „Justav, es wird Zeit, dass ihr packt." Schwentainen stellt einen eigenen Treck zusammen. Sechzehn Fuhrwerke. Jedes Gefährt von zwei, meistens vier Pferden gezogen. Dahinter an langen Leinen Remonten und Füllen, Kühe und Kälber. Schafe folgen, von Hunden bewacht. Die Großeltern reisen nicht mit. Sie wollen noch das Tafelsilber im Keller einmauern und danach von Gumbinnen einen Zug ins Reich nehmen. Nach Leipzig zu ihrer Tochter Else, die mit dem ungehörigen Rechtsanwalt verheiratet ist. Mutter und Anni haben schon einen Zug nach Hamburg genommen. Der Lorbass muss beim Treck bleiben. Einer aus der Familie ist Pflicht.

Sie reisen wie Menschen, die von gelinder Panik ergriffen sind. Sinnvolle Gepäckstücke neben Unsinnigkeiten: Standuhren, Kronleuchter, gerahmte Fotografien, Hutschachteln, Weckgläser mit Eingemachtem, Nippes und Geldkassetten. Möbel, Bettlaken und Tischdecken, Heu und Strohballen für das Vieh. Kisten mit Sprossenwänden für Kaninchen, Hühner, Gänse, Enten, Lämmer und Zicklein. „Erbarmung!" Das Wichtigste: Personalpapiere, Bankschecks, Geburts- und Heiratsurkunden, haben einige Leute vergessen.

Auf einem Wagen, zwischen Kissen und Bettdecken, sitzt Grandmama. Bewegungslos, einer Buddhastatue gleich. Sie klagt nicht. Sie sagt kein Wort. Nie wieder. Doch sie sieht, das verraten ihre Augen, alles. Auf den Straßen herrscht Chaos. Niemandem gelingt es, auch nicht mit Androhung von Gewalt, Ordnung zu schaffen. Deutsche Sanitätsfahrzeuge rollen gen Osten. Alle anderen Fahrzeuge, auch Panzer, fahren zuerst west- und später nordwärts, in Richtung Frisches Haff. Von Süden rücken die Russen unaufhaltsam vor. Es sind endlose Kolonnen, die sich unfreiwillig gebildet haben. Auf schlammdurchwühltem oder hartgefrorenem Boden, geschmolzenem oder frisch gefallenem Schnee. Pferde ohne Stollen rutschen wie Anfänger auf der Schlittschuhbahn. Wer fällt, steht nicht mehr auf.

Der Inspektor, Leiter des Schwentainer Trecks, hat seine Stimme verloren. Die Stimmbänder sind vom ständigen Schreien beschädigt. Er war sein Leben lang Befehlsempfänger, ein guter Verwalter. Die Aufgaben hatte ihm sein Herr gestellt. Erst wächst er damit, dann ist er total überfordert.

Nur langsam kommen sie voran. Der Lorbass wird Quartiermeister. Er muss vorausreiten oder telefonieren, für den Abend auf einem oder mehreren Höfen, auf Tennen, in Ställen oder Scheunen die Unterkunft reservieren.

Die russischen Maschinengewehre sind bereits zu hören. Viele Flüchtlinge sind von morgens bis abends betrunken. Einige, die zu Fuß gehen, um stecken gebliebene Fahrzeuge anzuschieben, lassen sich rückwärts in den Schnee fallen, bleiben klaglos liegen, zittern nicht mehr vor Kälte und Angst. Sie haben aufgegeben. Sich selbst und jede Hoffnung. Eine blasse Frau mit roten Lippen sitzt auf einem Koffer.

Sie streckt beide Arme in den Himmel. „Bitte, nur schlafen, schlafen, nichts als schlafen. Kein Erwachen, keinen Traum." Ihre Worte kommen im Stakkato aus ihrem Mund, so sehr zittert sie vor Kälte. Keiner zählt die Tage, die sie schon unterwegs sind. Für viele sind es bereits Wochen. Irgendwann erreichen sie das Meer, das Frische Haff, östlich von Elbing. „Jeh, telefonier auf die Nehrung!", befiehlt der Inspektor dem Lorbass. „Mach Quartier. Du weißt, für wie viele Fuhrwerke und Menschen. Verjiss nich, an die Pfärde und das Vieh zu dänken." Der letzte Teil seines Auftrages ist, so empfindet es der Lorbass, unnötig. Die Pferde vergessen! Eher schon die Handschuhe.

Der Lorbass entwickelt sich zu einem Schlitzohr. Er stiehlt auf den Höfen Eier, Speck, Brot, verteilt alles unter den Bedürftigen. Jetzt, nachdem er den Auftrag ausgeführt hat, trottet er dem Treck, der schon auf dem Eis ist, hinterher, zu Fuß, wegen der Rutschgefahr, mit Janina am langen Zügel.

Es ist besser, stur auf den Boden zu blicken als auf die zur Seite gekippten Wagen mit zerbrochenen Speichen. Es liegen Kochtöpfe, Kissen, Menschen im Schnee, deren Herz nicht mehr schlagen kann oder will. Es herrscht keine Ruhe. Wimmernde Kinder, kläglich klagendes Vieh. Nur nicht hinhören. „Denk dir was Schönes aus", hatte Großmutter Lina stets empfohlen, wenn ihm das, was auf ihn einstürmte, zu viel wurde.

Kapitel 21

MARZENIE – SCHÖNTRÄUMEREI

An einem warmen Frühlingstag träumt der Lorbass. Er ist in den Wald gegangen, sucht nach einem Habichtnest. Auf einer knorrigen Eiche, die der Blitz traf und die nun vertrocknet da steht, horstet ein Habichtpaar. Der Lorbass schnallt sich Steigeisen, die er vom Speicher „ausgeliehen" hat, um die Stiefel und klettert zum Nest. Tatsächlich liegen drei Eier auf dürren Ästen, Strohhalmen und Flaum. Vorsichtig packt er sie in seine Mütze und muss sich beim Abstieg mit einem Seitenmesser, das er am Gürtel trägt, gegen das attackierende Habichtweibchen wehren. Er bringt die Eier unversehrt nach Hause und schiebt sie heimlich einer auf Hühnereiern brütenden Glucke unter. Leider ist seinem Zuchtversuch kein Erfolg beschieden. Die kontrollierende Großmutter bemerkt den Schwindel. Stubenarrest ist wieder einmal die Folge. Der Lorbass schweigt, denkt aber: „Na bitte, kann ich ungestört lesen."

Es gibt viele Ereignisse, die lohnen, aus dem Gedächtnis gekramt zu werden. Mit zumeist geschlossenen Augen stapft der Lorbass träumend und bisweilen lächelnd voran. Er denkt an Ostern. Es ist Sitte, dass sich die Jungen und Mädchen aus dem Dorf am Ostersonntag treffen. Die Mädchen sind geschmückt mit einem Kranz aus Gänseblümchen oder Narzissen – „Tulpen, Nelken und Narzissen, das ganze Leben ist ein Traum", – Originalton Großvater. Sie ziehen zum Gut, rufen die Großeltern auf die Terrasse und singen: „Ostern, schmack Ostern, drai Eier, 'n Stück Späck, eher jehen wir nich wäck."

Noch kann sich der Lorbass die Schwentainer Hofanlage genau vorstellen. Links neben dem Wohnhaus liegt die Waschküche. Daneben die Milchkammer. Vor deren Tür sind Gestelle mit umgedrehten, leeren und gewaschenen Milchkannen aufgereiht. Eines Tages ist der Bulle bei der Deckarbeit auf dem Hof. Er wird vom Schweizer an einer Eisenstange geführt, die am oberen Ende einen Haken besitzt, den man in den Nasenring des Bullen einklinken kann. Die Kuh ist widerspenstig, der Bulle nervös, er reißt sich vom Schweizer los, rast über

137

den Hof und scheucht alle Lebewesen auf. Sultan, den Hofhund, walzt er nieder und zertrampelt ihm die Brust. Danach rasiert er die Milchkannen von den Gestellen. Es gibt einen unglaublichen Krach. Großvater stürzt auf die Terrasse und schreit: „Ei, bist wohl zu dammlich, 'nen Bullen zu halten." Der Schweizer geht, nachdem der Bulle eingefangen ist, beleidigt nach Hause und betrinkt sich. Sultan erhält einen Verband, erholt sich aber nicht mehr. Wenige Tage später wird er vom Lorbass unter der Linde neben Ina beerdigt.

An die Milchkannen schließt sich der Hühnergarten an. In dem Maschendraht um Stall und Gehege stecken etliche Federn und Flaum. Häufig versuchen Marder und Iltisse, auch Füchse, nachts einzubrechen. Oft mit Erfolg. Die schlauen Jäger sind schwer zu erwischen. Sie haben gute Verstecke. An den Hühnerstall schließt sich der Schweinestall an. Wenn die älteste Sau geferkelt hat, muss man aufpassen, dass sie ihre Jungen nicht auffrisst. Es folgt der Speicher, in dessen Außenmauern große Feldsteine eingebaut sind. Sie sind mit weißer Schlämmkreide verputzt, in der schwarze Kohlestücke stecken. Dekoration auf masurische Art.

Es hätte schon des Scharfsinns eines Sherlock Holmes bedurft, um das gemütliche Zimmer, in dem Doktor Müller untergebracht war, mit seinem total verwinkelten Zugang zu entdecken. Kein Nazispitzel findet ihn. Da Doktor Müller sich weigert, mit dem Treck zu fliehen – man hätte ihm gefälschte Papiere beschaffen können –, fällt er den Russen in die Hände, die ihn nach Sibirien verschleppen. Ob er dort seine Freiheit erlangte, bleibt ungeklärt.

Jedes Gebäude birgt Erinnerungen. Im Heu über dem Kuhstall übt der Lorbass mit anderen Jungen das Gruppenwichsen. Der Erste, bei dem es zum Erguss kommt, hat gewonnen. Es gibt wohl nur wenige Mägde, die auf dem Heuboden nicht wenigstens ein amouröses Erlebnis mit wechselnden Liebhabern gehabt hätten. Dabei ist die Schnelligkeit der Männer ein großer Fehler. In der Garage mit dem stillgelegten „DK-Wupptig" kopulieren Katzen. Im Gemüsegarten tatscht der Großvater bisweilen einer sich beim Wurzelziehen bückenden Magd den Popo. Gern denkt der Lorbass an den verstorbenen Hilfsarbeiter Wronski. Der hatte ihm einen wunderschönen Vogel aus vielen Holzstücken geschnitzt,

sie mit einzelnen Federn geschmückt und das Holz
bunt bemalt.

Großvaters jüngster Sohn ist Onkel Oskar. Ein
Schürzenjäger. Er hat Veterinärmedizin studiert und
ist der „vierbeinige" Kollege seines „zweibeinigen"
Bruders, des Gynäkologen. „Umjekehrt wäre es besser jewesen", klagt Lina, seine Mutter. Weil sie ihrem
Jüngsten nie so recht traut, folgt sie ihm manchmal
heimlich bis in den Kuhstall. „Wer so hinter Röcken
her ist und unter jedes Kleidchen pliert, der könnte auch im Stall in Versuchung geraten", vertraut sie
ihrem Mann an. Dabei sieht Onkel Oskar aus, als
könnte er kein Wässerchen trüben. Er ist groß und
kräftig, dunkelhaarig wie sein älterer Bruder, nur hat
er noch mehr Haare auf Brust und Rücken. „Hast
Affenkinder", flachst der Großvater. Viermal hat Oskar schon Verlobung gefeiert, doch immer wieder er-
liegt er seinem „unheimlichen Jeschlächtstrieb". Ein
echter Masure eben.
Seine Jagdwaffe im Sommer ist ein blaues Paddel-
boot, das er im Frühjahr selbst zusammensetzt. Mit
dem Boot fährt er mit blankem Oberkörper über die
Seen, weiß genau, wo die Frauen ihre Wäsche wa-

schen. Mit seinen braunen Dackelaugen und seiner athletischen Figur bringt er auch widerborstige Vertreter des weiblichen Geschlechts um den Verstand. Jung und alt. Ihm ist es egal. Allein der Erfolg zählt, und Vater zahlt. Es wird gemunkelt, dass seine unehelichen Kinder das Hauptschiff der Schwentainer Kirche füllen könnten. Seine Worte sind unbeholfen, aber sein Lächeln ist umwerfend. Vielleicht ist gerade das der Schlüssel zu seinen Erfolgen.

„Ei, kannst paddeln?" genügt, um mit einer schnellen Eroberung im dichten Schilf zu verschwinden. Selten bringt er, nicht gerade der geborene Kavalier, die im Gesicht hochrote und kurzatmige Auserwählte wieder an den Ausgangspunkt zurück. Er setzt sie irgendwo an Land ab. Der Lorbass beobachtet seinen Onkel oft bei dessen „Feldzügen" mit dem Fernglas. Im Winter verlagert Onkel Oskar sein „Operationsfeld" in die diversen Feldscheunen. „Ei, kannst meine Uhr helfen suchen?" oder „Ei, willst mein Verstäck sehen?" Er ist der Sohn eines Gutsbesitzers, allein diese Tatsache lässt Frauen und Mädchen in berauschende Träumerei geraten. Der Lorbass, sein Neffe, bewundert ihn sehr und will es ihm unbedingt nachmachen.

Kapitel 22

DAS ENDE UND DER TOD

Die unendliche Müdigkeit lässt den Lorbass daran denken, sich aufs Eis fallen zu lassen, einfach nur zu schlafen. Plötzlich ist ein Brummen in der Luft. Auf dem Eis heben Heulen und Jammern an. Russische Flugzeuge, kleine Maschinen, zum Teil aus Sperrholz gebaut, mit rotem Sowjetstern auf den Tragflächen, schweben heran. Die Piloten klinken Bomben aus, die wahllos das Eis treffen. Die Sprengkraft reicht aus, das Eis bersten zu lassen.

Die zahllosen Trecks, die neben- und hintereinander nordwärts ziehen, zur Nehrung, einem schmalen Landstrich, brechen mit Mann und Ladung ein. Sie versinken im Zeitlupentempo. Auch Grandmama versinkt im eisigen Wasser. Vom Schwentainer Treck bleibt nichts und niemand übrig. Still ruht der See, das Haff.

Als wäre ein Magnet umgepolt worden, hasten jetzt alle, die nicht eingebrochen sind, zurück, gen Süden. Der Lorbass hat seinen Treck noch nicht erreicht, wird wie bei einer in panischer Flucht rasenden Büffelherde von den entgegenkommenden Menschen und Fahrzeugen gezwungen, ebenfalls umzukehren, um nicht totgetrampelt zu werden. Er wirft einen letzten Blick zurück und sieht noch eine Kinderhand, die den Griff einer Deichsel von einem kleinen Leiterwagen umklammert, bevor auch sie versinkt. Die Götter Masurens, Perkullos, Potrimpos und Pikullos, die über Menschen, Tiere, Wälder und gut dreitausend Seen wachen, werden die Versunkenen in ihren Armen aufgefangen haben.

Der Lorbass ist mit Janina allein. Schnell ist das eisige Grab, das hinter ihm liegt, wieder zugefroren. Ein heftiger Schneesturm hat eingesetzt. Bald sind liegen gebliebene Fahrzeuge, Menschen und Tiere nicht mehr zu erkennen. Nur der Wind heult, treibt spitze Eisnadeln von Westen, die die Haut schmerzhaft treffen. Janina hat ihren Kopf tief gesenkt, hält die Augen geschlossen. Der Lorbass geht vor ihr, gewährt ihr etwas Windschutz. Anfänglich versucht er, sich und dem Pferd mit Singen Mut zu machen. „Wild flutet der See. Es schaukelt der Fischer im schwankenden Kahn. Schaum wälzt er wie Schnee zum sandigen Ufer heran. Masovialand, mein Heimatland, Masovialand, mein Vaterland." Inniger wurde das Masurenlied wohl nur selten gesungen.

Der Wind verschlägt ihm die Sprache. Als er das Ufer erreicht, ist sein Gesicht zur Maske verzerrt. Er verspürt keinen Schmerz, hat kein Gefühl, weder in den Händen noch in den Füßen. Sein Herz ist wie erstarrt. Janina tritt nun wieder sicherer auf. „Wir finden ein Ställchen", krächzt der Lorbass ihr ins Ohr. Statt einer windgeschützten Scheune begegnen sie dreckverspritzten deutschen Panzern. Auf den Stahlplatten sitzen frierende Landser. Die rasselnden Ketten und das dumpfe Brummen der Motoren erschrecken Janina. Ein Panzer hält. Soldaten springen ab und umstellen den Lorbass. „Gib uns das Pferd, und wir bringen dich von hier fort." Der Lorbass schüttelt den Kopf. Niemals! Aber schon hat ein Soldat seinen Karabiner angelegt. Es knallt kurz. Der Lorbass kann sich nicht mehr dazwischenwerfen, sondern nur noch den Kopf wegdrehen.

Janina liegt mit gebrochenen Augen im Schnee. Der Lorbass kniet vor ihr, hebt den Kopf in seinen Schoß.

Er kann nicht weinen. Er summt: „Ich hatt' einen Kameraden, einen besseren findst Du nicht ..." Sein Summen wird zum Schluchzen. Ihm schwinden die Sinne. Die weiß gekleideten Reiter, die 1226 nach Masuren gekommen waren, ziehen als Gespenster wie Flüchtlinge an ihm vorbei.

In wenigen Minuten haben die Soldaten das Pferd in Portionen zerteilt. Einige braten das Fleisch auf rasch entzündetem Feuer. Andere verschlingen es roh. Es wäre dem Lorbass gleichgültig gewesen, wenn sie ohne ihn abgezogen wären. Wie ein kleines Kind, das sich übermäßig fürchtet, lässt ein Sicherheitsmechanismus ihn in tiefen Schlaf sinken. Er merkt nicht, dass er auf einen Panzer gehoben wird. Eine hilfreiche Hand verhindert, dass er bei der ruckeligen Fahrt abrutscht. Er wird irgendwann in Pillau aufwachen und dort auf ein Schiff gebracht, das über die Ostsee nach Danzig-Langenfuhr in Westpreußen fährt.

Der Lorbass entkommt dem Krieg, aber nie der Erinnerung. Masuren bleibt eine schlafende Liebe. „Marzenie – eine unendliche Träumerei."

Es dauert noch fast zwei Jahre, bis der Lorbass nach abenteuerlichen Ereignissen, Gefangenschaft und erneuter Flucht zu Fuß nach Westdeutschland gelangt. Bei einem Torfbauern in der Lüneburger Heide, der ihn aufnimmt, ohne nach dem Woher oder Wohin zu fragen, kommt er langsam wieder zur Besinnung und entwickelt so viel Lebenswillen, dass er weitermachen kann.

Sein späterer Beruf als Journalist und Autor führt ihn um die ganze Welt, auch zu neuen Kriegsschauplätzen. Als One-Man-Team reist er abseits der Trampelpfade des Tourismus mit Kamera und Kugelschreiber, macht Expeditionen am Amazonas und im Goldenen Dreieck Südostasiens. 26 Jahre lang ist er Resident im kleinen Fürstentum Andorra. Auch das verlorene Paradies, Masuren, sieht er noch einmal wieder. Er erkennt nur noch vertraute Gerüche. Die neuen Bilder verdrängt er schnell.

Heute genießt er seine Verwöhnungsjahre in Hamburg. Er knöpft den Hemdkragen zu, wenn ihn bei auf- und ablaufendem Elbwasser das Heim- und Fernweh anweht.

„Die meisten von uns", sagte Jakob Jeromin zu seinem Sohn, „bleiben wie Fallholz, das Sturm und Schnee von den Bäumen wehten. Sie liegen, wo sie gefallen sind und werden wieder zu Erde. Die Armen haben keine Flügel. Und einige sind wie der Rauch, der aus dem Meiler steigt. Die Menschen sehen ihm nach, aber der Wind verweht ihn. Aber einige sind aus Holz, das dort unter der Erde glüht. Sie werden Kohle. Und sie bewegen die Welt."
[Ernst Wiechert: „Die Jerominkinder"]

„Souffrir, c'est vivre d'une façon plus intense." –
Leiden heißt leben auf eine intensivere Art.
[Rimbaud]